献给

　　所有不够勇敢

　　却依然勇敢行事的孩子

当这个世界天翻地覆的时候，那些能生存下来的人，

都是最先学会如何用脑袋走路的人。

人类就像草籽，你可以在某个地方挖个坑，
把它们埋进去，照料它们生长，
也许它们会在那里快速生长一段时间，
但只有真正适合那个地方的人才会茁壮成长。

穿越
500公里的
奇迹

The Dog Runner

[澳]布伦·麦克迪布尔 著　木之 译

CTS 湖南文艺出版社
HUNAN LITERATURE AND ART PUBLISHING HOUSE

小博集
BOOKY KIDS

First published in 2019 by Allen & Unwin, Australia

Copyright © 2019 by Bren MacDibble

Published by arrangement with Allen & Unwin Pty Ltd., through The Grayhawk Agency Ltd.

著作权合同登记号：18-2023-003

图书在版编目（CIP）数据

穿越 500 公里的奇迹 /（澳）布伦·麦克迪布尔著；木之译 . -- 长沙：湖南文艺出版社，2024.1（2025.1 重印）
书名原文：The Dog Runner
ISBN 978-7-5726-1303-6

Ⅰ.①穿… Ⅱ.①布…②木… Ⅲ.①儿童小说—长篇小说—澳大利亚—现代 Ⅳ.① I611.84

中国国家版本馆 CIP 数据核字（2023）第 127398 号

上架建议：儿童文学

CHUANYUE 500 GONGLI DE QIJI
穿越 500 公里的奇迹

著　　者：［澳］布伦·麦克迪布尔
译　　者：木　之
出 版 人：陈新文
责任编辑：匡杨乐
监　　制：李　炜　张苗苗　文赛峰
策划编辑：文赛峰　温宝旭
特约编辑：何思锦
营销支持：付　佳　杨　朔　付聪颖
版权支持：王媛媛
绘　　者：安吉叔叔
版式设计：霍雨佳
封面设计：马睿君
内文排版：百朗文化
出　　版：湖南文艺出版社
　　　　　（长沙市雨花区东二环一段 508 号　邮编：410014）
网　　址：www.hnwy.net
印　　刷：河北鹏润印刷有限公司
经　　销：新华书店
开　　本：875 mm×1230 mm　1/32
字　　数：143 千字
印　　张：8.75
插　　页：2
版　　次：2024 年 1 月第 1 版
印　　次：2025 年 1 月第 3 次印刷
书　　号：ISBN 978-7-5726-1303-6
定　　价：35.00

若有质量问题，请致电质量监督电话：010-59096394
团购电话：010-59320018

愿你始终揣着"饼干"梦

"埃拉,你想要什么?"爸爸问。

"澳新军团饼干,"我回答,即便现在我已经记不清它们的味道了,"装满整个家庭装的罐子,我要一个人独自享用,直到吃撑!"

"你知道今年整整一年都不会有这些东西的,对吧?也许以后几年都不会有的。"爸爸说。

我笑了。"但是总会有这一天的。"

每个人的童年中总有一些忘不掉的味道,街边早点摊的汤面,小巷拐角商店里的米花糖,夏天清凉解暑的西瓜汁……对这本书的主人公——埃拉来说，澳新军团饼干就是这样一种难忘的滋味，特别是在突生变故的日子里，格外让人想念。

在故事中，澳新军团饼干第一次出现，是在埃拉还没有创造"奇迹"的时候，那时只是一个小女孩在回忆饼干的美味，孩童的纯真展露无遗。而故事的末尾，澳新军团饼干再次出现，这次，饼干不仅美味，还承载了一个孩子在经历"奇迹"后，对和平世界与美好生活的向往。

"澳新军团饼干"这个仿佛散发着甜蜜味道的意象，承载了埃拉心理的变化——从起初不敢贸然行动，到后来独当一面。经历了埃默里受伤、沃尔夫不知去向、妈妈出现又消失这一系列变故，埃拉的身心承受着巨大的压力，支撑埃拉一路前进的正是她心中的信念——对和平世界与美好生活的向往。埃默里受伤，她没有放弃；沃尔夫不知去向，她忍着泪照顾其他伙伴；妈妈一去不回，她毅然决定继续前行。埃拉，不正是我们每个人成长过程中可能会成为的身影吗？这个充满着爱与责任的孩子，是你，是我，是每一个敢于勇敢行事的人。

故事的另一个主人公——埃默里，只比埃拉大四岁的哥哥，似乎一开始就格外可靠，有着超强的决断力和行动力。在突生变故的环境中，他懂得主动寻求生机，带着埃拉和五只狗狗踏上了一场生死未卜的旅途。面对未卜的前途，他并不畏惧，我们在读故事的过程中会愈发感受到这份勇敢。正如埃拉爸爸说的"要用脑袋走路"，埃默里每一次的决策都是勇敢的，坚定的，这才给了同行的埃拉和狗狗们勇气与胆量。埃默里带领伙伴一路前行，即使受伤也毫不退缩，孩子身上散发出来的这份果敢令人钦佩。

　　从这个故事中，我们不仅能读到勇敢，还能看到信任。五只狗狗之间的信任，狗狗与人之间的信任。也正是这样的信任与陪伴，才让我们在字里行间看出五只狗狗之间像家人一样的感情和对主人的不离不弃。除此之外，故事中没有大段描述的那不在身边的爸爸、妈妈、外公、外婆，也给予了两个孩子无形的陪伴，因为渴望与亲人团聚，所以两个孩子才跨越千里，一路努力。

　　作者说，这本书献给所有不够勇敢却依然勇敢行事的孩子，但读完你会发现，这个故事适合每一个人，不同的人会在故事中看到不同的闪光点，不仅有勇敢，还包含爱、信念、亲情、信任、陪伴等人世间美好的品质或情感，会让你感同身受，心生向往。当你读到最后，联想保护环境的重要性，再回顾故事的主人公所尝试的各种食物，一种新的敬意也会油然而生，钦佩作者能够创作出这样一个充满各种各样情感、立意深刻的好故事。

　　希望读完整个故事后，"饼干"也会在你心中驻足，揣着"饼干"的梦，勇敢面对生活中的一切波澜，相信"总会有这一天的"。

杭州市钱江外国语实验学校
区级优秀教师
胡孟君

目录

穿越500公里的奇迹

THE DOG RUNNER

第一章
梦醒时，回到我身边吧

即便把耳朵紧紧地贴着地板，压得耳朵生疼，我依然没法从阿尔维·穆尔先生家的门缝中看到任何东西。

"阿尔维·穆尔先生，"我说，"您还在吗？"

"我正帮你拿书呢，埃拉！"他回答。他的声音听起来苍老又沙哑。

"门为什么打不开了？"我问。

"我用钉子和木板把门封上了，这样，谁也没办法再从那扇门进来。我用钉子把那条路封得死死的。"

"但是，阿尔维·穆尔先生，要是着火了怎么办？"通过门下的缝隙，我看见他趿拉着的拖鞋。然后，我坐起来，使劲揉了揉酸痛的耳朵。

1

"要是着火了，我就办个烧烤派对。别担心，当援军赶到这里，整顿这条街的时候，我会把门打开的。"阿尔维试图把书从门缝中塞出来，但是书太厚了，他根本不可能做到。他重新拿起书，嘴里咕哝了几句，然后把它从书脊处撕开，一分为二，再从门下面的缝隙里塞过来。只有拿到另外一半后，我才能知道他借给我的到底是什么书。很快，带着封面的那一半也从门下的缝隙塞了出来。封面上，有一片黑色的水花和一片红色的水花，看起来像一摊血。黑色的"蝇王"[1]二字，透露出恐怖的气息。

"你读过这本书吗，埃拉？"阿尔维先生问。

"没有。"我一边回答，一边捡起被撕成两半的书，试图把它们合在一起。

"太好了。等你读完，让我知道你是怎么想的。"阿尔维先生说。

"谢谢您，等援军来了之后我们再见面吧。"我答道。

---

[1] 英国现代作家、诺贝尔文学奖获得者威廉·戈尔丁创作的长篇哲理寓言小说。（如无特殊说明，本书脚注均为编者注。）

说完，我便重新回到楼梯上。我一次能跳两英尺^①，一步接一步，二十二步就能跳到我家那层了。不过埃默里的短裤实在是太大了，以至于我每跳一次，都得用手紧紧抓住裤子，防止它掉下来。爸爸把埃默里的旧衣服给我穿，把我以前的衣服全都打包扔掉了。他说，我现在已经长大了，虽然有些衣服还合身，但是很多已经小了，不能穿了。所以，我现在穿的都是埃默里的旧衣服。

这座老房子只有三层。阿尔维·穆尔住在楼上，诺塔·曼图住在楼下，我们家在中间。家里有我、爸爸、埃默里，还有三条狗。但是，我们不能告诉任何人我们家还养着狗狗。家里还有妈妈，但她现在不在家。诺塔·曼图人很好，她从来没有抱怨过头顶时常响起的噪声，因为狗狗们的爪子总会在地板上挠来挠去。

我打开门，一群跳跃着的毛球伸着舌头，围了过来。我挨个儿摸了摸它们毛茸茸的脑袋，跟它们一一问好，又把脸颊埋在三个毛茸茸的大头中。然后，我告诉爸爸，阿尔维·穆尔先生把他家的门用木板钉死，封了

---

① 英美制计量单位，1 英尺=0.3048 米。

起来。

爸爸笑了笑，继续忙活他的事了。他打算把一些电线插进一个旧的曲柄发电装置中——这是从一辆电动自行车上拆下来的，但是这些电线放在厨房桌子上很久了，已经有不少被啃噬的痕迹，根本不可能用于发电。"援军？他在等待军队的救援？真应该有人去告诉这个老头儿，军队正在匍匐前进，所以，澳大利亚不会有援军来的！"爸爸说。

"我们是不是应该把他救出来？"我问，"万一着火了怎么办？"

"我不确定把门钉死是不是一个坏主意。我的宝贝贝儿①，这个世界已经天翻地覆了，如果我们还想活下去，必须……"

"学会如何用脑袋走路！"我喊道，替他补上了后半句。因为，这句话他不知说了多少遍。

爸爸揉了揉我的脑袋。上周，他用自己的剃须刀给我剃了头发，直到现在它们还又硬又扎，而且异常地

———————

① 埃拉的小名。

短，我看起来就像是变苍白了的埃默里。

"你拿了一本什么书？"他从我手中拿过那本被撕成两半的书，翻来覆去地看。"噢。"他说着，笑容逐渐从脸上消失了。

"怎么了？"我问。他打算把这本被一分为二的书放到书柜最顶端的架子里，他觉得放在那里我肯定够不着。

"这本书不适合你读。"他说。

"那些适合我读的，我都读完了。"我说，"这栋房子里，根本没有留下什么适合我读的书。"

"是的。不过，这本书不行。它对你来说太恐怖了。"

"但是，爸爸，"我说，"我已经不是小孩子了。如果这本书太恐怖，我就停下来，不读了。"

"亲爱的，家门外面，这个世界已经支离破碎了，你不需要再读这些内容作为消遣。"

"那我可以读吗？"埃默里的声音从他的卧室里传出来。

爸爸的眼睛正看着我，没有回答埃默里。有时候，埃默里会故意说一些话，让人和他争论。但不是对我说。他从来不和我争论，因为我是他的小妹妹，他是我的大哥哥。不论任何时候，他总是照顾我。

"我可以读吗？"埃默里又问道。

爸爸把手指放在嘴唇上，猫着腰，藏在了沙发后面。爸爸又瘦又小，他总能把自己藏得好好的。

马鲁奇是一条黑色的大狗，它跟在爸爸身后。沃尔夫也想跟过去，但是留给它的地方不多，所以，一条蓬松的棕色尾巴露了出来，左右摇摆着。爸爸朝我挥挥手，示意我也藏起来。我躲在一把扶手椅背后。不过，当熊仔跑过来舔我的脸时，我张开双臂抱住它，把它也围在了这里。

一阵匆忙的脚步声响起，一听就知道是埃默里光着脚从房间里跑了出来，因为他想知道我们为什么不回答他。他一路小跑着来到休息室。

"我看见你们啦！"他喊道。

然后，爸爸猛地跳出来，大声喊道："狗狗叠罗汉！"说着，他抓住埃默里，一把把他摁在沙发上。埃默里大叫着扭来扭去，我和爸爸，还有两只大狗迅速地

压在了他身上。听着埃默里的哀号，我们不禁笑作一团。我迅速地跳了下来，因为我的重量可比两只狗轻多了。我溜到后面，又重新压了上去。

尽管马鲁奇试图把埃默里从最底下救出来，但是它只能够得着一条穿牛仔裤的腿。它咬住埃默里的裤脚，想把他拖出来。

我们滚到一边，埃默里从沙发上滑了下来。马鲁奇依然没有松口，死命拖着他在地板上滑行。

"小奇！"埃默里一边叫着，一边抓住自己的牛仔裤，防止自己继续被它拖着走。

"它救了你！"我喊道，"好样的，小奇！"

这下，它松了口，不再拖他的裤脚了。没想到，它竟围着埃默里跳了起来，好像在告诉他，它是最棒的狗狗。不过，它确实是最棒的狗狗。我张开双臂，环抱着它粗壮的脖颈，把脸埋在它柔软的皮毛里。埃默里也这么做了。

"轮到你了，大呆鹅！"埃默里说。他抓住我，把我拎起来，扔到沙发上，自己则重重地跌坐在我旁边。狗狗们见状，争先恐后地跑过来，压在我们上面。爸爸也过来了，扑通一下挤在我们边上。

爸爸大笑着说："我们是呆鹅一家！"

但是这次，我没有笑。因为没有妈妈的家，不能算是家。"等鹅妈妈回来，我们才能算得上呆鹅一家呢！"我说。

埃默里却说："鹅妈妈是小人书里的。"

"我说的是我们的鹅妈妈，就是妈妈。你真是个呆鹅！"

我用胳膊肘顶了顶埃默里，他像个虫子似的蠕动起来，好像根本停不下来。他嘟囔着说："不是我妈妈。"爸爸的眉毛向上扬了扬，意思是嫌他太吵了。

"现在整个城市都停电了，为什么妈妈还不能回家？"我问爸爸。妈妈的工作就是保障电力运转，这也是她当初离开家的原因。但是，如果停电了，她就应该能回家了。

"我猜她肯定在回家的路上了，我的宝贝贝儿！"爸爸回答。说完，他用瘦削的胳膊环抱住我。尽管他的胳膊很瘦，但是充满了肌肉，他的怀抱依然那么强壮。"现在，横穿城市的路被堵上了，因为各个区域之间的

门已经关闭了。不过我相信，妈妈一定有办法回家。"

"但是，她要怎么回来呢？"我问道。这个城市已经被划分成许多区域，因为所有的食物都消耗完了，补给必须运送到每个区域的大门口。那天，只有那些不是基础工作人员的人才能离开工作岗位。所有的医生、护士、警察、电力公司工作人员，已经连续八个月没有和家人团聚了。而且，三周前，整个城市停电之后，就连电话都打不通了。

"你了解你妈妈的，"爸爸说，"也许，她正驾驶着一辆太阳能装甲车，在街上粉碎垃圾呢。"

我被爸爸的话逗乐了，就连埃默里也笑了起来。妈妈确实是这样的，她总是在设计什么，幻想什么，永远在工作。这也是为什么当爸爸还在学习煤炭发电的时候，她就已经早早地进入太阳能领域工作了。后来，妈妈接管了爸爸的工作，他们就是这样认识彼此的。他们总把这个故事讲给我们听。我想，他们是在提醒我们，永远要向前看。但是，埃默里认为，这个故事听起来让爸爸显得有点蠢。不过，爸爸在家里的工作做得特别棒。他会修理老式电器，总是无微不至地照顾我和埃默里，尤其是埃默里的妈妈把他送到这个城市生活后。爸爸比妈妈更会和孩子们相处。妈妈从来不会放慢脚步，哪怕只是出去玩一会儿。

每天早晨醒来的时候，我都想着，妈妈今天肯定能回家了。但是，每当夜幕降临，我准备睡觉时，窗外的喧闹声就会越来越大，那是街上失控的人群在呐喊。我多么盼望第二天梦醒时，妈妈会穿越混乱的世界，回到家，回到我的身边。

第二章

我、埃默里和三只大狗

夜晚，孤单的呐喊声从远处某个地方传来。愤怒的尖叫声，关门声，玻璃破碎的声音。楼下，有个男人正沿着大路奔跑，他的靴子踏在马路上，发出砰砰的声音。他的手里拿着一个闪光的东西。当他经过我们家楼下唯一的太阳能路灯时，亮光一闪而过。

我整个人都僵在那里，根本不能喘气。因为这不仅是喘不过气，而是抽泣，我差点就要哭出来了。但是，我必须冷静。今晚和其他夜晚没什么两样。只是这次，爸爸和埃默里都不在我身边，没人照顾我。

马鲁奇在我身边发出低沉的咆哮声，它把两只前爪搭在窗户上，盯着楼下。它转过头，眼睛紧紧地追随着跑过去的人。就好像它知道，宵禁警报响起后，他根本不应该出现在那里。

"好了，没事了，小奇。"我把手深深地埋在它温暖的毛茸茸的脖颈里，小声对它说。埃默里说过，"不许哭，马鲁奇会感到害怕的，你必须照顾马鲁奇。"我真愚蠢，竟然相信了他。毫无疑问，他把马鲁奇留在这里是为了保护我。我点了点头，一句话也说不出来。随后，他打开门溜了出去，把我一个人留在这里，还有小奇。他打算进城去，就像爸爸十二天前做的那样，就像妈妈八个月前做的那样。

"他会回来的。"我对着马鲁奇毛茸茸的三角形耳朵，喃喃地说，"他们都会回来的。"但是，现在天已经黑了，埃默里说过，天黑了他就会回来。

现在，宵禁已经不算什么了，即使每天晚上七点警笛准时响起。但是，每次警笛响起的时候，我更加好奇他们是怎样发电的。郊区周围的路障都已经被破坏了。现在也没有守卫站岗阻止夜晚聚集的抢劫者了。爸爸说，他们这么做是为了保住自己的性命。等妈妈回来了，我们也应该这么做。埃默里说，妈妈肯定能自己照顾好自己。也许，她就待在某个安全的地方。埃默里说，我们不需要等她。他说，他再也不会等杰奎琳了，一天都不等了。我听到他们在晚上谈论这件事，那时候他们都以为我已经睡着了。埃默里说，他要去找他的外公，因为他的外公很了解植物、土地这些事，而且外公需要他回去帮忙。埃默里还说，他要独自出发。虽然爸爸听了很生气，但是他说，他会去找妈妈，然后我们全家一起出发，离开这里。爸爸还说，政府曾经说过，会保障我们的食物供应，但是他们现在已经无法掌控局面了。如果未来依然没有食物供应，整个城市都将毁灭。

沿着这条街往下走，有一辆乙醇动力公交车，去年它就抛锚停在这里了。不过，没人费心移走它。公交车的引擎盖不知怎么被卸了下来，有人在上面点了一堆火。外面漆黑一片，只有那盏太阳能路灯和跳动的火苗在漆黑的夜晚发着光。人们从家里探出脑袋，沿着大路朝这边看，就像他们谁也不信任那样。有几口锅放在购物车倾斜的侧面。这个购物车倾斜着放在公交车的引擎盖上，在点燃的火堆上形成一个有栅格的架子。为了让火持续燃烧，他们不断地往里面扔一些废弃的老旧家具。不过现在，他们谁也没有拿出自己的食物。他们彼此并不信任，害怕别人把自己的食物占为己有。他们宁可吃那些刚刚在沸水里沾了一下热气的鱼，也不想让别人闻到做饭的香味，被人抢走仅剩的食物。

曾经，我和埃默里也经常围在火堆周围，在街灯下和邻居们聊天，和狗狗们一起玩扔球的游戏。但是后来，政府供应的食物经常断供，鱼罐头没有了，脱水蔬菜和骨头汤也没有了。爸爸说，我们不能让任何人知道我们还养着这些狗。现在，他只在楼梯间和狗狗们玩扔球游戏。如果狗狗们需要大小便，他会反复确认四下无人后，偷偷地带着它们溜下楼，让它们在狭小的后院解决。

日复一日，只有我、爸爸和埃默里，还有三只大狗，挤在狭小的公寓里。自从城市的各个区域被围墙隔开，爸爸就不允许我们去上学了。也正是因为这些围墙，妈妈出门工作后，一直没办法回来。

我已经很久很久没有去过学校了。不过幸运的是，我的阅读一直很棒。因为没有电，也没有什么地方可玩，我只能带着书去楼上找年迈的阿尔维·穆尔先生，

或者去找楼下的诺塔·曼图女士，看看他们那里是否有适合我读的书可以交换。

有时候，我多么希望能去上学，去见见我的朋友们，荡荡千秋什么的。但是爸爸说，我要随时准备好按他说的去做，因为那是唯一能让我们安全的办法。

"只要爸爸赶快回家，我保证乖乖听话，他说什么我就做什么。"我小声地对马鲁奇说。现在只有它能保证我的安全了。

我不停地踢着放在脚边的背包。它开着口，正等着我把拉链拉上。背包的大部分空间都被一个漂亮的罐子占据，罐子里装着我省吃俭用攒下来的澳新军团饼干。但是，我的靴子并没有踢到那个罐子。我弯下腰，把手伸进背包里到处摸索，摸到了两件换洗衣服和牙刷，还有一些小罐的沙丁鱼罐头。埃默里一定拿我的饼干去和别人做交易了。我真的不知道，还有什么东西比一大罐饼干更适合做交易。埃默里问都没问我一句，就拿我的饼干去跟别人换东西，我真是气坏了。就好像他是个成年人，而我只是个小婴儿，他是为了我俩才去和别人做交易似的。

我的胃发出咕噜咕噜的声音，好像它知道自己永远吃不到澳新军团饼干了。

那些丑陋的红色真菌，杀死了所有能做出面粉的麦子，杀死了所有燕麦，杀死了所有能做出糖和黄金糖浆的甘蔗，还杀死了所有牛吃的牧草，以至于我们再也没有黄油可吃了。我和爸爸做澳新军团饼干需要用到的所有原料都被杀死了。我想，我这辈子再也吃不到澳新军团饼干了。

我找到了一管牙膏。我打开它，在牙齿上涂了一点，轻轻地吮吸着。我还挤出一点在手指上给马鲁奇吃。它舔了舔，嘴里不断地发出呜呜声，好像在努力弄清楚这东西到底是不是真正的食物。我们俩静静地坐在黑暗里，吮吸着我们的牙齿，忧心忡忡。

马鲁奇摇晃着脑袋，追逐着嘴巴上的牙膏。在外面火光的映照下，它黑色的眼睛一闪一闪地发着光。可怜的马鲁奇！它不知道为什么今后我们每天喂给它的食物不能超过一罐沙丁鱼罐头。它不知道为什么再也没有大块的生肉可吃了。自从到处长满丑陋的红色真菌，所有的牧草都不长了，不少牛羊都因为没有食物而饿死。当然，对马鲁奇来说，那时候可真是好日子。尽管我们生活的世界发生了翻天覆地的变化，但它竟然还因此长胖了，黑色的皮毛油亮亮的，像乌鸦的羽毛一样光滑。但是现在，一切都变了。我们都靠着自己仅剩的脂肪和一点点省吃俭用保留下来的东西活着，我、埃默里，还有三只大狗，都是这样。

"我们要是继续待在这里，一定会饿死的。"埃默里说，"如果我们打算离开，最好现在就走。"他说这话的时候，好像这是一件很容易的事。仿佛我们要做的，就是打开房门走出去这么简单。

第三章

墙上的口红印

马鲁奇是雪橇犬和黑色牧羊犬的后代。它是我们家身躯最庞大的狗，也是最容易饿、最聪明的狗。它甚至知道埃默里打算做什么。埃默里带走了沃尔夫和熊仔，还把它们拉车用的挽具都带走了。他们的身影消失在马路尽头。

马鲁奇站立在窗边，呜咽着，把两只前爪搭在窗沿上，眼睛继续盯着漆黑的窗外。埃默里或爸爸可能就快回来了。马鲁奇总是能感应到他们的到来。我希望来的至少是他们其中的一个，而不是什么糟糕的事情。

它走到门口，又回到窗边，继续盯着外面看。我把脸紧紧地贴在玻璃窗上，手拢在眼睛周围，试图挡住明

18

亮的火光。但是，我什么都看不到。我依稀辨认出停在路边的车辆的影子。大部分车抛锚都是因为没电，失去电能它们就无法继续运转。我还能看见对面的房子，但是看不见埃默里的身影。

上个月以来，整个城市都停电了。人们开始从电线杆上窃取太阳能灯。整个城市变得越来越暗了。

马鲁奇用嘴叼着我的胳膊肘，拖着我，示意我跟它去门口。但是，我根本没看到埃默里。

街上又响起了叫喊声。一群男人正在愤怒地叫喊着，咒骂着。当他们的世界崩塌时，大声咒骂、喊叫是他们唯一会做的事。爸爸说过，当混乱来临时，我们周围总有一些人试图把事情变得更糟。那些人觉得，他们在混乱中过得挺不错。但是，大部分人都希望让事情朝好的一方面发展。这些人总是安静地做着自己的事，忙着修补一些事，而不是吵吵闹闹的。爸爸说，安静做事的人很多。所以，当你听到那些噪声时，别忘了那些安静的大多数人。

一个穿着黑色连帽衫的瘦削身影，挤进马路对面商店门口的黑影中。是埃默里！除了他，还会有谁那么瘦呢？埃默里已经十四岁了，但还像没长大似的。看看爸爸的个头，你会觉得埃默里永远都不会长成爸爸那样。而我只有十岁，但比所有十岁的同龄人的个子都高，甚至和埃默里差不多高。我猜我遗传妈妈多一点，她和埃默里的妈妈完全不同。

那群男人冲着火堆旁的人大喊大叫。大家匆忙抓起自己的锅，冲回自己的房子，接连响起一片砰砰的关门声。当那群人从马路对面的商店前经过后，埃默里弯着腰，偷偷地溜过马路，来到了楼下。楼下响起钥匙插入门锁的声音。马鲁奇拖着我的手，它的嘴巴温暖又湿润。我抓起背包，飞快地跑到公寓门口。我拉上背包拉链，然后踢开门把手下的木板，打开了门闩。

"等等。"我低声对马鲁奇说。当我打开门朝外看时，马鲁奇坐在地板上，激动地扭着屁股，一点点朝门口靠近。

埃默里用牙咬着一个小小的 LED 手电筒，正在从楼梯间向上爬。楼梯的台阶上堆满了杂物、超市推车、破家具，这些都是他放在那儿的，为了防止有人顺着台阶走上来。昨天半夜，的确有人试图从下面爬上来。所以，埃默里说："看到了吧！我们不能在这里继续待下去了。"埃默里知道哪些超市购物车可以轻松移开，好让他顺利通过。但是昨晚那些到处乱闯的人并不知道。

诺塔上周离开了这里，她去找她住在高层公寓里的姐姐了。所以，很幸运，我们不用去解救她。阿尔维·穆尔先生把自己牢牢地锁在家里。我们在楼梯上设的这些障碍能让他更安全。我告诉他，我们设置了这些障碍，当然，这些话是对着他的门大喊出来的。我还告诉他，我们可能也会很快离开这里。我拿到了那本爸爸不允许我看的书，那本书对我来说，确实很难读懂。当读到其中一个叫猪崽子的男孩说"我们得做些什么"时，我合上了这本书。因为埃默里总在我的耳边重复说这句话——"我们得做些什么。"

"埃拉。"埃默里叫我的名字时，依然用牙齿咬着他的"小火炬"。

我和马鲁奇飞快地朝他跑过去，他伸出强壮却瘦削的胳膊紧紧地抱住我。就连马鲁奇也站起来，不停地舔着他的脸，好像它从没想到还能再见他一面似的。我也是，马鲁奇，我也是这么想的。

"埃拉，你去浴室把妈妈的旧口红找出来，然后用它在浴室的墙壁上给爸爸留个言，这样他回来就能知道我们去哪儿了。"埃默里小声对我说。

"我们要去哪儿？"我问他。

"你就写'去找我妈妈'。"他说。当我正试图弄清楚我们到底怎么穿越整个国家，到达他妈妈家时，埃默里又说："你就写在镜子上，写在瓷砖上，然后走到对着马路的那扇窗户边，在那儿写下我妈妈的名字。"他把他嘴里的小手电筒塞给我。"听明白了吗？"他问道，"你还记得我妈妈的名字吗？"

我点点头。

"真乖！"他说。我朝他胳膊上打了一下。我可不是三岁小孩了，他最好再也不要用这种口气跟我说话。

但是，我还是拿着那个小手电筒，照他说的去做了。那根深红色的口红，就放在我背包的口袋里。我早早就把它装在我的包里了，因为这是妈妈的东西，而且每次闻到它的味道，就像闻到了妈妈的味道。我见过她涂这根口红，就在她去电力公司上班之前。离我最后一次见她，已经过去八个月零十七天了。

　　我用牙齿咬着手电筒，拿出口红，在浴室的瓷砖墙上写了起来。我在面朝马路的窗户上，用力写下几个大写字母："CHRISTMAS"。克里斯马斯，这就是埃默里妈妈的真名。不过，我走到窗户那儿之前，把"小火炬"熄灭了，爸爸曾经告诉过我要这么做。我把妈妈的整根口红都用完了，心里特别难过。我总想着，有一天她还会涂这根口红，那时候这个世界肯定和现在不一样，人们只要出门，都会涂口红。我知道，我们必须离开，如果一切顺利的话，我们会和爸爸妈妈再次团聚，那该多么令人兴奋啊！我吻了吻剩下的口红管子，在墙上写下了"我❤你"，然后把口红放在了窗台上。这是妈妈的房子，她在这里很幸福，她的口红也应该待在这里。也许，当爸爸回来的时候，即使他没有找到妈妈，并且为我们的离开感到伤心，但当他看到这根口红，拿起来闻一闻时，也能想起妈妈的味道。

　　我跑出房门，打开手电筒，照亮眼前的台阶。马鲁奇已经走下去了，它在那里蹦蹦跳跳，用爪子抓挠着前门的瓷砖，弄出咯吱咯吱的声音。埃默里朝我挥手，示意我快点下来。

他抓住我，他的手臂是那么有力，很像爸爸。他一把将我拉到扶手那边，让我像他一样紧紧地抓住扶手，这样我就可以爬下去了。到了一楼，马鲁奇在大门周围使劲地嗅来嗅去。埃默里从我嘴里拿走手电筒，又在马鲁奇的项圈上系上一根绳子。

"小奇，"他命令道，"保持安静！"

马鲁奇的屁股再次贴着地面，不安分地扭动着，做好随时出发的准备。当埃默里关上手电筒时，我们全都陷入一片漆黑中，大声地喘着气。他从门缝向外张望，仔细察看着街上的动静。火堆发出橘色的光芒，在他黑色的眼睛中反射出闪闪的亮光。

"出发！"埃默里低声说，"他们正在忙着点火呢！靠紧点。"

"我们应该等等爸爸，"我再次恳求道，"再等一天，就一天。"

"我们已经等了一天了。"埃默里说，"我们已经等了四个'再等一天'了。"

埃默里帮我把黑色连帽衫拉起来，盖住我的头。"别抬头，我的'白雪公主'。"他在我耳边耳语道。

我抓着连帽衫的边缘，把帽子使劲拉向脸部，因为那是我浑身上下最显眼的地方。我们全身都穿着黑色的衣服，马鲁奇也不例外。埃默里像他妈妈一样，有着漂亮的棕色皮肤，而我和爸爸一样，肤色苍白。

我们猫着腰，迈出脚，走出了这栋大楼。我关上了身后的大门，因为阿尔维·穆尔老先生还住在顶楼呢。他用木板和钉子，从里面把门钉得死死的，等待救援部队的到来。

那群吵闹的男人占领了火堆，大笑着，相互传递着一瓶喝的，有人用嘴往火堆上喷了一些，膨胀的火舌瞬间朝他们扑了上来。

火焰跳跃之际，我们踮着脚尖，从一片阴影中穿过。埃默里走在最前面，他弯着腰，低头朝向马鲁奇，他的手一直紧紧拉着马鲁奇的项圈。我跟在他们后面，一只手抓住马鲁奇屁股上一撮茸茸的毛，这样我就不会在黑夜中和他们走散了。我的另一只手紧紧拉住连帽衫，好遮住靠向火堆的那半边脸。我试图跑得稳当一些，这样我背包里的沙丁鱼罐头就不会乒乓作响。

我们就这样离开了家，像暗夜里的影子一般，悄无声息。没有向任何人告别，甚至没有时间打包剩下的东西。有些东西还能拿去换取一些食物呢。

那群男人的叫喊声让我一度以为他们看见了我们。我的心怦怦地敲打着胸膛，血液涌向大脑，双脚沉重得迈不开步子。我走得很慢，很慢，仿佛把时间拉成了永恒。幸好，他们没有看到我们。我们成功走过了这段路，来到了公交车的另外一侧。埃默里拉起我的手，站得笔直，默许马鲁奇跑到前面。

"现在，一切起都会好起来的，贝儿，"他低声说，"我要告诉你一个计划。"

第四章

在黑夜中潜行

"熊仔和沃尔夫在哪里?"我悄声问埃默里。因为我很担心,害怕它们和我的饼干一样,也被拿去交换东西了。熊仔和沃尔夫是家人,现在我已经失去不少家人了。

"它们会等着我们的,它们已经出城了。"听了埃默里的回答,我立刻高兴起来。有三只大狗陪在我们身边,没人敢为难我们。

"我们要去我妈妈那里。"他说。

"但是,她可能不欢迎我们。我是说,除了你之外。"我说。我知道,现在没人愿意收留多余的人或者狗。

"她不喜欢住在城市里，那儿离她家太远了。而且，她的爸爸生病了，她的妈妈需要帮手，就是这样。"埃默里回答，"她很爱我，而且她也会爱我的小妹妹和我们的狗狗。所以，别再那么说了。"

"你是怎么知道她还在那里，而且很安全的呢？"我不依不饶地追问道。

"他们一直在种蘑菇。你知道的，蘑菇也是一种真菌。我们都知道，蘑菇是现在唯一还能生长的作物。他们一定会在那里。我外婆种蘑菇用的那些洞穴棒极了。而且除了我以外，没人会找到他们。"

"那我们怎么到那里去呢？你找到车了？"我继续追问。但是我想，埃默里还不能开车。

"没呢，"埃默里说，"无论如何，我们得沿着大路走过去。这并不安全，因为很多路在中途就被封锁了。不过，狗狗们能带我们穿过障碍，找到新的路。"

"我们要让狗狗们拉雪橇车吗？"我问。埃默里和爸爸都非常擅长驾驶轮式狗拉雪橇车，这也是一开始我们养三条狗的原因。

但是，我们的雪橇车就像一个大型的滑板车。通常

我们会拴一到两只狗在上面。我不知道自己能不能在这些大型犬身后，控制住这辆车，并且保证自己不会从车上摔下来。但是，我想我一定能学会。因为在所有食物消耗殆尽，整个城市都变得疯狂的时候，爸爸这么对我说过，他说："当这个世界天翻地覆的时候，那些能生存下来的人，都是最先学会如何用脑袋走路的人。"我猜，他说这句话的意思是，所有事情都变得不一样了，所以我也应该随之变化，这样才能适应一切。我真希望爸爸能在我身边。

"是的，狗狗们需要拉雪橇车。"埃默里这样回答我，"但是，我有一个惊喜，在我们到达那里之前，沃尔夫和熊仔会保护它的。"

我猜想，那一定是我的澳新军团饼干，因为我饿了。现在，我满脑子只想着这一件事——我还想吃我的饼干。

等等，我还想到了另外一件事。"是爸爸吗？"我问埃默里。不，不可能是爸爸，因为我不得不用口红给爸爸写下了我们要去哪里，这样他会知道的。

"啊，埃拉！"埃默里喘着粗气对我说，好像他生气了，"如果爸爸回来了，我会第一时间告诉你的。他肯定遇到了什么事情。我们得继续前进，可能会有一段时间没有他陪在我们身边。"

"他死了吗？"我问。当一个人很生气的时候，更容易问出一些让人更生气的问题。

"哈！"埃默里说，"爸爸可是一根结实的钢制电线杆，你知道的，没有什么能让我们的爸爸丧命。"

我点点头，说："是的。"但是，埃默里从来没有体会过妈妈消失的滋味，所以，他根本不懂这一切轻而易举就发生了。前一秒钟，一切都还好好的。一眨眼的工夫，所有的事情都变了。一个巨大的空洞突然出现在你的生命中。在通讯信号消失之前的几分钟，妈妈打了一个电话给我们，告诉我们，她是基础工作人员，受雇于政府，为了确保电力持续供应，她现在不得不守在电力公司。她还说，她现在很安全，因为她受到"高度安保"的保护，我们不需要担心她。

当整个城市都停电时，我高兴地说："太好了，现在妈妈能回家了！"爸爸说我说的不对，她很有可能需要非常努力地工作，把断掉的电接回去。但是，电一直没有接通。那周，妈妈没有回家。又过了几周，妈妈还是没有回来。所以，爸爸才出门去找她。

"一切都会好起来的。"埃默里说。他拉起我的手，把我拉到城市的大路上。当看到有人出现时，我们就猫着腰，躲进公园里或者门廊下。

我们来到了居住区的检查站。爸爸说过，检查站是去年建起来的，为了防止贫民窟的人突袭富人区。他说，设立检查站的目的就是为了让我们老老实实地待在自己家里。马路对面，大门紧闭着，但是警卫小屋的房门大开，里面一片漆黑。

"这里没人！"埃默里小声说。但是，当经过警卫小屋时，我们依然把腰弯得很低很低，迅速地溜进另一个片区。那里的房子前面有更大的花园，有些房子前面还高耸着巨型的安全防护栏，上面布满了铁丝制成的倒刺，还贴着警示标语。

一栋豪华别墅前，竟然站着一个身穿警察背心、头戴钢盔的人，前院堆满了沙袋，他就坐在这些沙袋后面，沙袋上放着一把步枪，像是在守卫自己的碉堡。我很想知道，那些住在这栋豪华别墅中的富人家的孩子，他们在夜晚能不能安然入睡，因为他们心里知道自己永远不会被坏人掳走。

马鲁奇发出低沉的咆哮声。我们急忙在一个角落里藏起来。很快，一群大喊大叫的人围住了一栋房子。埃默里把我们藏在树篱后面，那是别人家的前院。为了防止马鲁奇发出叫声，我们掏出沙丁鱼罐头喂给它吃。我们一直藏在那里，直到那群打砸别人房子的坏人走开。

我们身后的房子里有一个紧靠窗户的大吧台，带刺的铁丝网绕过大门，一直延伸到房子侧面。窗帘在微微颤动，但是没有人冲我们喊叫，赶我们回到街上。也许，他们像我们一样，害怕那些发生在街角的混乱。我们蹲下来，在黑夜中悄然前行，不希望引起任何人的注意。

第五章

月光下的白丝带

随后，我们重返主路，悄悄地前进，安静地穿过漆黑的街道。当我们走到这个片区的大门口时，发现这里的警卫室仍在使用。一盏太阳能路灯装在一辆卡车的顶部。路灯明晃晃地照着一侧。一群人围在路灯下，拥挤着，吵闹着，试图冲进大门，靠卡车更近一点。卡车里，两个端着步枪的人站在两个箱子前面。我和埃默里退回黑色的阴影里，埃默里的手紧紧地拉着马鲁奇的项圈。

大门处没有警卫，但是卡车另一侧有人看守。人群中有几个男人大声叫喊着，手里拿着钱，组织人们排成一队。一个女人从卡车里钻出来，她拿出几罐食物，我猜一定是政府又来派发食物包裹了。但是，我们之前从来没有为此付过钱。

埃默里轻轻地推了推我，指了指大门另一侧的栅栏，那里有一个豁口。"走！"他低声说。

我有点犹豫，因为那些人只要一转身就能看到我们。

埃默里抓住我，拖着我走，我只能弯着腰低着头，和他一起走。但是我很想停下来，和他说说这件事，而不是一个劲地跑。他正忙着让马鲁奇安静地前进，根本没空转头，更不要提跟我说话了。

我们弯着腰，好不容易跑到了栅栏那儿。

一个男人高声喊道："黄金！我说了要黄金，不要银子。黄金、钻石，或者冷冰冰的现金。如果没有，赶紧回去拿，别在这儿浪费我们的时间！"

我们费了很大劲才从栅栏的缺口处挤了出去，因为那里的铁丝网是断的。先是埃默里，接着是马鲁奇，最后是我。我们又得猫着腰走路了。

"阿普丽尔，"那人扭头冲卡车里的人高喊，"给这个男人来三个罐头！"

"不对，是一整箱。那个戒指值两千美元，至少值这个数！"一个穿着商务衬衫、袖子卷起来的男人正倚靠在卡车上，朝卡车里的女人挥手，期待得到更多的罐头。

"对我来说可不是这样，它值不了那么多，顶多三罐罐头。要么拿钱走人，要么把罐头留下。"高喊的男人这么对他说。另一个站在卡车里的男人向前走了一步，用枪口指着穿商务衬衫男人的脸。

"快跑，马上！"埃默里低声说完，一把将我拉起来。

我身后响起穿商务衬衫男人的高喊："这不公平！"拥挤的人群也发出附和的高呼，很多人大叫着食物太贵了，他们还有孩子要养。此时我、埃默里和马鲁奇重新回到黑暗中，顺着大路跑了起来，然后拐上了一条偏僻的小路。我真希望埃默里知道我们到底要往哪里走。喧闹的人群离我们越来越远了，但是喧闹声在夜空中飘荡着，听起来好像近在咫尺。突然，夜空中响起了枪声。枪声撞到周围的房子，反射过来，从四面八方向我们袭来，包围着我们。我感觉自己的心跳几乎暂停了，整个人根本喘不过气来。又一声枪响刺破了夜空，我急忙弯腰躲开，不知道从哪里来的子弹，绕着墙，旋转着，朝我飞过来，好像马上就要击中我了。

埃默里把我拽到一边，靠着栅栏。我们回头朝主路上的卡车看过去。卡车开着大灯，轰鸣着，路的尽头被大灯照得明晃晃的。装满食物的卡车消失在街道的尽头。一晃眼的工夫，就像电影里演的那样，太阳能灯安装在车顶，闪亮的大灯照亮了前面的路，映出了方向盘上司机苍白的脸。在路灯的照耀下，卡车轰鸣着前进，那两个男人仍旧站在卡车后面，端着枪冲着人群，生怕他们追上来似的。

"好了，好了。"埃默里安慰道。

"有人中枪了吗？"我问他。

"也许只是为了吓唬人。"他说，"人们很难从富人手里弄到钱，除非他们死了。"

他带着我和马鲁奇来到一条小路上，然后走到了一个公园里。坚硬而荒芜的地面上搭着几顶帐篷。一些人聚集在篝火旁，坐在抢来的破家具上。这些人都是从哪儿来的呢？他们离开了什么样的地方，会让他们觉得在

公园里露营更好一些？他们周围只有帐篷和一些空罐头盒，这会让他们感到安全吗？

突然响起了一阵咳嗽声，埃默里急忙朝着马鲁奇的头扑过去。在我们前面，一个男人站在一棵树的阴影下，他正在值班，守卫住在帐篷里的人。埃默里扯住我的袖子，把我摁下来。我们三个躲在黑色的阴影中，静静地看着那个男人。他站在那里，注视着什么，眼中跳动的火光仿佛是他脑海中正在点燃的邪恶火焰。

如果他那双点燃了邪恶火焰的眼睛转向我们怎么办？我顺着来时的路，爬回去，先伸出去一只手，再伸出去另一只手，最后用膝盖着地，轻轻地，慢慢地，一小步一小步地挪动。我的嘴巴张着，轻声地喘着气，一直退到栅栏后面，直到我和那个男人之间隔着一个栅栏。

我弓着腰站起来，这样能比栅栏矮一些。现在我很担心，这个公园的树荫下会站满奇怪的男人，到处都有人盯梢。一定还有一些人我没有看到。

埃默里和马鲁奇很快来到了我身边。埃默里拉过我的手，放在马鲁奇的项圈上。然后，他示意马鲁奇跟着他继续走。我们又重新回到了刚才的路上。不过，这是一条能穿越公园的新路。我们紧紧地贴着树丛前进，努力变成隐形人，就连马鲁奇也紧紧地跟着我们，小步快跑。

埃默里带着我们走过一些灌木丛。月光下，一条白色的丝带在我们面前伸展。这是一条混凝土铺就的小路，在月光的照耀下变成了银白色。小路两边种着很多树，它们在深灰色的天空下是黑漆漆的一团。远远地传来一阵溪流声，好像那些树的旁边有一条小溪在流淌。

埃默里不让我们走这条小路上，而是一直沿着路边走，沿着草地前进。

"噪声太大了。"他这样抱怨道。但是，我们走着走着，时不时就会踩到一根棍子，咔嚓声意味着在告诉黑暗中的人，我们在这里。

第六章

灯光不是我们的朋友

由于一直张着嘴呼吸，我的舌头又干又涩，胃也一阵阵地痉挛着。我们一直以最快的速度向前走。当走到一个角落时，一个小小的白色光点突然闪现在我们面前，就在月光小路的尽头。我无法辨认出那到底是什么。紧接着，远处传来一阵有规律的低沉的响声。声音越来越响，仿佛成千上万只橡胶做成的飞蛾一起扑扇着翅膀。好像有很多轮胎飞驰在混凝土小路上。是自行车！

埃默里抓住我的胳膊，他弄疼我了。我被他从小路上拉进灌木丛中。有人在高声呼喊着什么，好像发现了我们。许多自行车在我们身后追赶着，自行车车灯在我们背后上下跳跃着。有辆自行车摔倒了，撞到粗糙的路面上。车灯照亮了灌木丛，照亮了道路旁的树木。我被埃默里扯得跌跌撞撞，他牢牢地抓住我的胳膊，没有一点松手的意思。一辆自行车冲到我和埃默里之间。我的腿被自行车撞了一下，整个人被甩了出去，摔在地上，恰好跌落在自行车的前轮旁。我的脸正对着一堆树叶和泥土，它们特有的味道直冲进我的鼻子里，我的嘴里全是泥土。埃默里只抓住了我连帽衫的一只袖子，他紧紧地抓着，试图把我拽起来。我挣扎着想爬起来。真希望埃默里不要松手。你敢松手试试！你答应过我，要保证我的安全。我打算跑，可是脚完全没有知觉。有人在我身后抓住了我的腿，我高声尖叫起来。

一声低沉的犬吠声响起，一个黑色的影子从我身上跨了过去。是马鲁奇！它两排雪白的牙齿上下交错，朝那只抓着我的手咬下去。终于，那只手松开了。

那人疼得不禁喊出了声："哎哟！"声音听起来还是个少年。他退回马路上，一瘸一拐地扶起他的自行车。自行车的链条发出叮叮当当的响声。他把自行车摆正。自行车的前灯照亮了小路附近的灌木丛。马鲁奇发出低

沉的怒吼，就像它玩拔河游戏时那样。马鲁奇还咬着那个人，也许咬着他的裤腿，或者鞋子。

其他自行车也赶过来了。车灯射出的条状光带围绕在少年周围，把一切都照得亮堂堂的，照在树丛中、照在我们身上。轮胎相继摩擦着水泥路面，发出沉闷的嘎吱声，脚踏板也嘎嘎作响。

"发生了什么事？"有人问道。在灯光组成的光晕中，他们可能根本看不到黑色皮毛的马鲁奇。

"快来帮我！"一个人喊道，随后就听到一阵咕哝和挣扎的声响。那人又喊："我们快离开这里！"马鲁奇叫了起来。它放他走了。

"小奇！"听到埃默里的呼唤，马鲁奇回到了我们身边，不停地舔着我的脸。我的手环抱着它的脖颈，它站在那里，任由我抱着。然后，埃默里来了，他把我拖起来，拖着我和小奇离开。黑暗中，我听到他发出急速的喘息声。

我们一头扎进灌木丛，跑了起来，碰断了不少树枝、棍子，发出咔嚓咔嚓的声响。现在，没人注意这些噪声了，因为我们实在是太害怕了。

突然，埃默里把我拉到一棵树后。他不停地喘着粗气，我也是。我们还能听到自行车轮胎的声音，自行车链条的声音，以及说话声。一只夜行的小鸟尖叫着从我附近飞过去，把我吓得半死，不禁跳了起来。

"你还好吗？"埃默里问道。

"嗯，没事。"我小声回答。

"你要随时做好逃跑的准备，埃拉，随时做好准备。"他这么对我说，好像我没这样做似的。就像我没有拼尽全力奔跑，所以才让那些骑自行车的发现了我们。

"你让我觉得很难为情，而且我……"

"你得跟上队伍。"他说。

我推开他，什么也没说，因为我哭了。现在到处黑漆漆的，如果我不是一边抽泣一边说话，埃默里不会发现我掉眼泪了。但是，我真的已经很努力了。我被人抓住了脚，现在回想起来，我依然害怕极了。如果抓住我的不是一个人，而是很多人呢？如果抓住我的不是害怕狗的少年骑手，而是成年人呢？如果有人伤害了小奇呢？我努力用嘴巴大口吸气，这样就不需要用鼻子吸气

了，埃默里也不会知道我在哭。但是，我的手一直不停地颤抖。

"我们继续走吧！"埃默里拉过我的胳膊，牵住我的手。他察觉到我在颤抖。"宝贝贝儿，"他像爸爸那样叫着我的小名，他紧紧地握着我的手，说，"一切都会好起来的。"

"我不是小宝宝！"我说。我很生气，不过不是针对埃默里的，我是生自己的气。因为我摔了一跤，还哭鼻子，就像小宝宝那样。

"嘘——"埃默里说，就好像他懂得我心里怎么想的一样。他一把抱住我，他的怀抱和爸爸一样强壮又瘦削。这更让我想念爸爸了。

我们小心翼翼地在树林中穿行，时刻留心那条银白色的混凝土"丝带"。现在，那不过是一条沉闷的小路，在黑暗中带领我们走出这个城市。

自行车道的路灯杆子上，还留着一个太阳能灯没有被人偷走。但是，埃默里不允许我们走到那个光圈下，他让我们走在这个光圈外面。灯光不是我们的朋友。

第七章

在月球上

　　我们好像走了整整一夜。我的腿又酸又痛，双脚像灌了铅一样沉重，但是我们依然得继续前行。很快，路两边的树木消失了，我们走在了空旷的泥土地上。旷野里，只有一两点灯光和火苗，在遥远的某个地方，像微小的斑点一样，闪烁着。

　　埃默里突然停了下来。他扬起头，站在粗砾的地面上，面朝黑暗，仰望星空，好像在寻找什么似的。马鲁奇的鼻子嗅来嗅去，好像也在寻找着什么。然后，它发出一阵长长的嗥叫。接着，远处某个黑暗的地方，传来一声回应。

　　"谢谢你，小奇。"埃默里说。马鲁奇加快速度，拖

着我们向前走去。翻过一座光秃秃的山，又走过一片树林，我们来到了一个小棚子里。马鲁奇拖着我们来到了两个兴奋到发疯的毛球面前，它们的嘴巴发出委屈的呜咽声，鼻子里不断地喷着粗气，长长的舌头伸在外面，兴奋地跳来跳去。是沃尔夫和熊仔！而且，附近还传来了更多的呜咽声。一棵树下，有个拴着的白色影子正在那儿欢快地蹦着。

我问："那是谁？"

埃默里说："是奥伊斯特和乌贼。"

"塔玛的哈士奇？"我问，"你把我的饼干都拿去换它们了？"我越想越生气，逐渐变得恼怒起来，但是埃默里在黑暗中根本没有注意到这一切。

"是的。塔玛和他的哥哥弄到一条船，他们打算划船去新西兰。他们说那里雨水丰沛，而且还有肥沃的土壤，环境很好，非常适合人类生存。那里的土地能长出很多蔬菜和农作物，食物多到能让所有人和动物都吃饱，生活幸福。他们需要囤一些饼干，在路上吃腻了鱼之后，可以吃些饼干。他们还说我们可以一起去。"

"但是你说过的，没有爸爸和妈妈，我们是不会去的。"我这样回答他,心里依然对他的做法感到非常气愤。

"不是这样的。"埃默里说,他说这话的时候,听起来还带着笑意。"塔玛钓鱼的技术很糟糕。我拒绝他是因为害怕万一他饿了,会打我们狗狗的主意,或者打你的主意。你身上的肉还是很多的。"埃默里说着,用手戳了戳我。

"不要!"我回答。

埃默里笑了。"是塔玛说的。他说,也许在某个饥饿来袭的夜晚,他的哥哥很可能会把奥伊斯特和乌贼吃掉。所以我们必须把奥伊斯特和乌贼带走,带它们去有饭吃的地方。你看,你看看这里还有什么。"

埃默里抓住我的手,把它放在一个冷冰冰的金属棒上。我手握住它,它碰撞着雪橇拉带、轮胎和车把。

"噢!"我说,"这是托马斯的豪华大雪橇吗?"我的澳新军团饼干换得还挺值的。

"是啊,而且我还得到了他的帐篷和睡袋。还有一些锅碗瓢盆和露营用的东西,以及一把大型的老式猎刀,所以这下我们能自给自足了。"埃默里的声音听起

来特别骄傲，他为自己能解决这一切感到很自豪。

"你，我，还有五只大狗，"我一边说，一边走去向奥伊斯特和乌贼问好。我伸出手，让它们舔舔我的手。也许，我们会好起来的。

"不过，唯一的问题是……"埃默里说，"我不会在夜里搭帐篷，所以今天晚上你要在睡袋里将就睡几个小时，可以吗？我们必须在天亮之前起身，尽快离开这个城市。"

我脱下运动鞋，爬进埃默里给我的睡袋中，躺在熊仔旁边布满岩石的地面上。熊仔不介意我把头枕在它的背上。屁股下面是硌人的石头，我想，在这种地方根本不可能睡着。我躺着，静静地聆听着熊仔的心跳，还有它有规律的一呼一吸，心里想着我们明天还有很长一段路要走。慢慢地，我有了一丝困意，但是依然心怀恐惧，抑制不住地竖起耳朵，仔细聆听是否有脚步声从黑暗处传来，生怕有人会发现我们。

很快，熊仔跳了起来。我睁开眼睛，霞光还是粉色的。埃默里催促我，说："快把你的鞋穿上。"

我咕哝一声，试着爬起来。我的嘴里干巴巴的，满嘴都是昨天吃的鱼的腥味。埃默里又撬开几罐沙丁鱼罐头，给每只狗分了三小罐。狗狗们围着他，纷纷来舔他沾满鱼油的手指。

"今天上午，它们要冲在前面，跑很久的路。"他说，"没有吃的，我们可以扛一会儿，但是它们可不行。"

我点点头，反正我也不想再吃鱼了。我穿上鞋，卷起睡袋，把它塞进雪橇车上的网兜里，里面放着另一个睡袋和一个小帐篷。还有两升桶装水。我打开一瓶水，举起来喝了一小口。马鲁奇冲着我舔舌头。埃默里之前已经喂过它了，它是领头的狗狗，有食物的话我们总是先喂它。雪橇车上还有一个小小的铁质平底锅。于是，我往锅里倒了一些水，给它喂了一些。然后又走到熊仔、沃尔夫、奥伊斯特和乌贼面前，保证每一只狗狗都喝到水。

只过去短短几分钟，天空就很快变亮了。周围的景象清晰地暴露在我的视野里。我就站在那里，盯着远方。我真的很想哭。这里光秃秃的，什么都没有。大树从干燥的土壤中伸出来，周围长着零星的杂草，再没有厚厚的牧草和草坪了。我看到过枯死的小片草坪，也看

到过死气沉沉的公园，还看到过小麦变红然后又变黑的新闻。但是，自从大片的草场开始枯萎后，我从来没有走出过城市。这些红色的、灰色的土地，就是我们面前所有土地的模样，它们顺着山丘绵延远去，看起来就像一片沙漠，或者说，就如同月球表面一般。一切都不对了。

第八章

谁选的是正确的路

埃默里正在整理雪橇车前方的挽具。

"奥伊斯特和乌贼对这辆车很熟悉，所以我把它们两个安排在紧靠车边的位置。这样，马鲁奇两边是熊仔和沃尔夫，再往两边是奥伊斯特和乌贼。"他说，"哈士奇奔跑的速度很快。雪橇犬虽然浑身都是肌肉，但是单单这样还不能够保证一切顺利，所以熊仔和沃尔夫应该更靠近雪橇车，以保证车辆运转。我们得像塔玛以前做的那样，鞭策它们一直向前跑。"

熊仔和沃尔夫经常会后退一步，让马鲁奇做领头的狗狗，它们似乎很喜欢围在马鲁奇身边做跟班。但是，关于谁是领头的狗狗这件事，奥伊斯特和乌贼似乎有自

己的想法。但是自从吃了沙丁鱼罐头，它们对埃默里的话言听计从，而且看起来非常快乐。

我朝山坡上的房子看去，期待能够找到一点生命的迹象。有一座房子四周堆满了废旧的汽车，看起来像一个小堡垒。不过，现在天还没有亮，就算有人，他们应该也看不到山下的我们。

埃默里给狗狗们套上挽具，然后我把它们一一拴在绳子上。它们高兴地跳来跳去，嘴里发出咿咿呜呜的叫声，似乎已经做好了起跑的准备。但是，它们也知道出发的时间还没有到，尽力控制着自己，不过它们似乎快要控制不住了。

埃默里站在雪橇车的后方，朝马鲁奇呼喊，想让它把绳子向前拉出去。"绳子，小奇！绳子！"然后，他张开双臂，让我站在他的正前方。这时候，马鲁奇像只小马驹似的，向前腾跃一步，好像在测试绳子的张力。绳子离开了地面，马鲁奇做好了出发的准备。

"马鲁奇！拉车！跑啊！跑起来！"他叫喊着，松开了刹车。马鲁奇向前跑了几步，拉直绳索。熊仔和沃尔夫跟在马鲁奇身后跑跳着。奥伊斯特和乌贼像小狗似的发出呜咿呜咿的哼叫声，跟在它们后面。就这样，我们出发了。我们一路沿着自行车道行驶，风朝我吹过来，拂过我的眼睛，吹起了我的头发。

"埃默里！"我忍不住喊起来。速度太快了。说起来，这辆雪橇车不过是一辆巨大的三轮车。一个大型的多节轮胎在前，两个小轮子在后。埃默里抓着车把，他需要驾驶车辆并且及时刹车，所以我只能抓住车架。我们的装备就放在前轮护罩后面，在那个三角形区域里。行李像是发疯似的，疯狂地弹跳着，好在有那些简易的网兜和弹力绳，才没让它们跳出来。我站在一个比台阶还要窄小的地方，上面还覆盖着橡胶。

"它们会慢下来的。"埃默里回答，"现在我们行驶的路笔直又光滑，所以这时候我们得跑快点。"我双手抓着面前的金属棒，没过多久，指关节就像纸一样白。我的脸皱了起来，真担心我们的车会散架或者翻车。当我们需要在小路上拐弯时，埃默里喊："吁——"马鲁奇随之向左掉转方向，这个弯转得漂亮又流畅，我的心稍稍放轻松了一些。马鲁奇时刻关注着埃默里，它不会让我们翻车的。

　　狗狗们渐渐地平稳了下来，时间似乎过去了一万年。自行车道有一段路是和马路并行的。埃默里朝马路上前后张望着，那神情似乎是在想，如果有一辆汽车突然驶来，他该怎么做。就在这时，真的有一辆汽车出现了。它偷偷溜到我们身边，毫无声响，因为它是一辆电动汽车，只有轮子转动而已。在埃默里想出办法之前，那辆红色的汽车，载着一个巨大的黑色太阳能板，从我们身后的马路上驶来，又飞驰而去。它的速度快极了，好像是偷来的似的。它跑得那么快，好像要在城市坍塌之前，离得远远的。对开车的人来说，他甚至来不及看一眼旁边自行车道上行驶的狗拉轮式雪橇车。不过，车后窗上出现了一张孩子的脸，他的脸紧紧贴在后窗的玻璃上。他的眼睛正好与我对视。在清晨的微光中，一切都变得清晰起来。那个男孩坐在车里，和他的父母一同逃离这个城市。而我，站在一辆狗拉的雪橇车上，也要逃离这个城市。我转过头，目光跟随着那辆车移动，我不想打破我们之间的连接。因为我们是一样的，他们和我们一样，战战兢兢地奔向未知的远方。但是汽车开得太快了，那个男孩为了能看到我们，只能跳到车后窗的位置。紧接着，狗狗拉着我们离开了马路，顺着铁路线行驶。那里也有一条自行车道，是专门为城市的自行车赛车手出城骑行而建的风光带。

那个男孩一直盯着我们，直到我们走上不同的分岔路。他们沿着马路继续行驶，而我们掉头转向了光秃秃的乡下。望着那辆红色的小汽车越来越小，我在思考，到底谁选择的路是正确的呢？

第九章

并肩作战

　　太阳越升越高，气温也随之升高，狗狗们的速度越来越慢。它们张开大嘴，舌头耷拉出来，大口喘着粗气。小路逐渐抬升，从曾经铺设铁轨的地方延伸出去。现在，那些木头和铁轨已经被人拆除，改造成一条平滑的混凝土自行车道，这是专门为了那些职业自行车手修建的。

　　"是啊，"当我们的轮子在这条混凝土车道上咣当作响时，埃默里感慨道，"就像人们过去总说的那样，所有废旧的轨道都能通往一个小小的村庄。"

　　我点点头，说："我们得离城市远远的。"

　　我们仅仅是想远离人群而已，我猜。人们也许会偷走我们的鱼罐头，也许还会吃了我们的狗。有人会掏出枪猎杀它们。

狗狗们已经累得上气不接下气。埃默里让它们慢慢跑，我们从车上下来，和它们并肩走了一阵。现在，太阳已经升到了我的头顶，炙烤着大地，我的胃里传来一阵疼痛，我太饿了。

"这种混凝土路不利于保护它们的爪子，"埃默里说，"而且，狗狗们不能在这么高的气温下一直跑。但是我们必须和城市保持一定距离，越快越好，所以我们还要在这儿待一会儿。找个灌木丛休整一下，也许我们能给它们找点袋鼠肉或者其他东西来吃。"他调整了一下佩带在腰间的猎刀。他此刻看起来不像是我认识的那个埃默里了，倒像一个丛林猎手。

前面是一架老式的铁路大桥，那时候人们还有时间把桥修建得十分华丽。大桥由许多巨型的青石组成，它们堆叠成一个拱门，两边是混凝土栏杆。桥体由许多巨型的柱子做支撑。大桥在水面投下阴影，冰凉的河水从桥洞中穿流而过。我和埃默里谁也没说话，心照不宣地决定在这里休息一会儿。

埃默里引导着马鲁奇离开车道，来到小溪边。其他狗狗和我也跟在后面。我手里握着雪橇车的刹车，这样可以防止车辆往前冲，撞到狗狗们。

埃默里解开马鲁奇身上的卡扣，让它先去小溪边喝水，然后是熊仔和沃尔夫，它们一路小跑跟在马鲁奇身后。

"别松开它们两个。"埃默里警告我。乌贼和奥伊斯特还没有真正成为我们家的一分子，我们不希望它们从我们手上跑丢，或者和马鲁奇打架。他又补充说："我来牵它们俩。"

他同时牵住它们两个的项圈，把绳子缠在手上。我把雪橇车推到一个灌木丛附近，这样任何人经过这条路，都看不到它。

马鲁奇发出低沉的咆哮声，眼睛死死盯住桥下面某个地方。熊仔和沃尔夫也停止了戏水，四下寻找让马鲁奇咆哮的东西。

桥下发出一阵奇怪的响动。埃默里向我走来，他用一只手拖着奥伊斯特和乌贼，另一只手朝我挥舞，示意我蹲下来。

"快躲到灌木丛里。"他小声说，听起来十分着急。他把奥伊斯特和乌贼的牵引绳扔给我，让我躲进灌木丛里。他猫着腰离开了，小步向前跑去。他打了个响指，示意马鲁奇安静一些。马鲁奇没有后退，它脖颈上的毛竖了起来，头压得低低的，露出了嘴里的尖牙。熊仔和沃尔夫也收到了埃默里的命令，它们很高兴被告知应该做什么。于是它们从小溪里爬上来，来到埃默里身边。埃默里紧紧靠着小路，背朝着湖边。有了它们跟在身后，埃默里悄悄地向大桥靠近，他尝试偷偷从上面往桥下张望，最好不要被发现。

一双穿着白色运动鞋的脚偷偷来到一个大柱子后面，还在岩石上滑了一跤。有人正坐在桥下的阴凉处，就像我们打算做的那样。即使他们现在没有看到埃默里，但他们很可能已经看到了我。我跟在埃默里身后，牵着狗狗们。我才不会让他一个人独自面对那些人！我几乎和他一样高。几乎一样高。

第十章

另一种牛

奥伊斯特和乌贼气喘吁吁的，呜咽着，蹦跳着，因为马鲁奇的行为而变得兴奋起来。它们一直低声叫着，匍匐向前，好像这是一场有趣的游戏。尽管在一路奔跑后，它们变得热乎乎的，浑身都是臭烘烘的汗味。

埃默里给我一个眼神，示意我让狗狗们闭嘴。他还摇摇头，让我不要跟过去。他又伸出一只手，招呼熊仔和沃尔夫紧紧跟在他后面。他朝马鲁奇打了一个不出声的响指，让马鲁奇来找他。同时他还要时刻注意着桥下的人，以防被他们发现。他没有告诉我要做什么，只是一只手捂着刀，继续向前匍匐，他还要吸引小奇的注意力，并且不能发出任何声音。我才不会退缩呢！他从来都不让我独自面对任何事情。

从桥下传来的窸窸窣窣的声音更大了。小奇冲在最前面，喉咙里发出低沉的吼声，好像自己正在发动一场战争。

乌贼和奥伊斯特在它身后跳着，它们的绳子在我的手中燃烧，我的脚在砂砾上滑行，试图阻止它们把我拖向大桥。

那人在桥洞下休息。是个女人，推着一辆三轮婴儿车，靠在岩石上。一个正值蹒跚学步年纪的小女孩正紧紧地抓住扶手，眼睛睁得圆圆的。一只大黑狗冲向她，吓得她的下唇不停地颤抖。那女人急忙跳到婴儿车前面。我跑了出去，狗狗们拖着我，把我朝马鲁奇那边拖过去。

"小奇！不要！"我喊道。

马鲁奇凭借直觉减缓了速度，因为它发现，除了脸上恐怖的神色，这个女人没什么可怕的。女人转过身，身体扑在婴儿车上，护住车里的孩子。

这时候，我、奥伊斯特和乌贼已经来到了马鲁奇前面。当它冲可怜的乌贼发出自卫的吼叫时，我急忙抓住

它的项圈。乌贼急忙逃走了。我拖着小奇，我不能让它过去，不然它会咬乌贼的。这时，埃默里也来到了我们中间。马鲁奇已经冲了过去，根本没有注意到埃默里的提醒和呵斥它后退的命令。马鲁奇咬了乌贼一口，满嘴都是乌贼身上的白毛。奥伊斯特也咆哮着冲过来了，它想要保护乌贼，可惜为时已晚。这时，埃默里走过来，转移了它的注意力，把它们分开了。

当这一切发生时，那个女人正推着婴儿车走向大桥的另一边，因为她狠狠地撞到了婴儿车，孩子的头结结实实地撞在车身上，大声哭了起来。那女人抬头朝我们看过来，好像我们是野蛮而危险的生物。我想我们算是吧，而且这两只新来的狗狗让一切都变得复杂起来。

看到一切事情都尽在掌控之中，熊仔和沃尔夫跑了过来。它们闻到我们冷静下来的气味，然后又追着那个女人，去闻她身上的气味，看看她打算做什么。女人把它们赶跑了，推着婴儿车沿着小路继续向前走，却总是把婴儿车撞来撞去，导致孩子在车里不停地哭喊。这不是一件容易的事，更何况婴儿车上还装着几大包行李。不过，她成功地把婴儿车推到了自行车道上，穿过桥，然后开始跑了起来。

"等等！"我冲她喊道，"你还好吗？你需不需要水或者什么吃的东西？"

"让她走吧。"埃默里说。

"但是，天气太热了，如果她根本来不及把她的水罐装满怎么办？"我问。

"不要告诉任何人我们有食物。"埃默里说着，挥挥手把奥伊斯特赶到一旁，让它和马鲁奇之间保持很大一段距离。

"不就是一些鱼罐头嘛！"我说。

"是啊。不过，等他们开枪把我们打死了，他们会找到的。你觉得呢？"

"你说什么？"

"如果那个女人在那条小路的尽头遇见一群坏人，他们抓住她的宝宝，她肯定会告诉那些人，桥下有两个孩子，他们有食物。你想，那些坏人知道了，会怎么做？"

"哦。"我回答。

"那个女人做的决定是正确的。远离其他人，管好

自己的事，赶紧离开这个城市。"

"所以，我们不能对任何人示好吗？"我问。

"这是一个全新的世界，你不能再像之前那样信任别人了。"

随着女人越跑越远，婴儿的哭声也越来越小。

"但是我们并没有改变。"我说，"而且一定还有人像我们一样，依然保持一颗善良的心，并且关心他人。"我想，当爸爸说我们要学会用脑袋走路的时候，并不是说我们一定要变成坏人。

"那么，就让我们祈祷吧，祈祷我们碰上的人都是好人。"埃默里说着，把奥伊斯特和乌贼的狗绳塞到我手中，自己则把马鲁奇拉到小溪边。我们都知道，这样的期待简直就是奢望。因为我们已经看到，市中心有很多成群结队的人，他们看到想要的东西就直接抢走。

我拖着奥伊斯特和乌贼走进小溪里。我弯曲膝盖，伸出手，尽自己最大的努力，不停地喝水。就算把我的衣服都弄湿也没关系，因为它们早已经被汗水浸透。而且，我真的渴极了。

此时，我开始担心那个女人会告诉别人我们在这里，就像埃默里说的那样。但是狗狗们需要休息，而且对它们来说，混凝土路面的温度太高了，它们的爪子根本无法在上面奔跑。等到奥伊斯特和乌贼在小溪里喝饱了水，身体变得凉爽的时候，我把它们绑到了桥下阴影处的灌木丛中。然后，我在它们身边坐下来。其他狗狗正躺在我们面前凉爽的污泥中，舒服地伸展着身体，眯着眼睛睡觉，度过一天中最热的时刻。埃默里没有休息，因为他正在整理雪橇车，准备出发。团队的头领是不会坐下来和我们一同休息的。他认真地检查每只狗狗，确保它们都戴着湿漉漉的挽具，确保每只狗狗的爪子都完好无损，并且每只狗狗身上背带的卡扣都可以卡进绳索里。

当太阳开始落山的时候，我们又一次装满水罐。埃默里打开一些沙丁鱼罐头。每只狗得到三罐，我和埃默里一人一罐。我们再次出发了，太阳垂得低低的，阳光照耀在我们的脸上，我们的肚子里除了一丁点用来充饥的沙丁鱼，什么也没有。

这次，狗狗们跑起来没有那么兴奋了，猛烈的疾驰变成了小步快跑。在太阳落山之前，我们必须一直保

持前进。天色暗了下来，明亮的天空变成了遥远的山丘后面一点零星的微光，几乎很难看清楚前方的混凝土小路。我们找到一个有树的地方，靠边停下来，这里的土地坚硬而光滑，大概是因为这里曾经是牧场的时候，那些还没有被吃掉的绵羊和奶牛都会在此停留，躲避阳光的暴晒。

我们都喝了一些水，还吃了点沙丁鱼罐头。我真的非常讨厌沙丁鱼罐头，但是没办法，我的肚子饿得咕咕叫。然后，我们拿出帐篷，在上面铺开睡袋。狗狗们围在我们周围，我感到很安全。我想起了爸爸，不知道他现在在哪里，也不知道他是否找到了妈妈。他有没有回家，发现我们已经离开了呢？

当我闭上眼睛时，眼前总浮现出那些灰色的、红棕色的干枯牧场。只有杂草和荆棘，一点牧草也不长。所有的土地都像死了一般沉寂。

爸爸说，他以前从未意识到我们需要吃多少粮食。面包、大米、面条、玉米，还有肉，乳制品，甚至连他喝的啤酒，也是粮食做的。他说，他就是另外一种牛，就快要饿死了。紧接着，他摇了摇头，看着我，好像从来没有说过这句话似的。

"如果我们的食物都来自一种作物，我们怎么能活下去呢？我们把所有的鸡蛋都放进一个篮子里了。"他曾经这样问过我，但是并没有期待我能给出答案。

我当时回答说："爸爸，篮子也是用草做的，鸡蛋也是吃谷物的鸡生出来的，所以我们再也不会有这些东西了。"

他把我摔倒，叫我"小滑头"，还揉了揉我的短发。

想着他，我笑了起来。我的心紧紧地依偎着他，进入了梦乡。

第十一章

这里不是远离城市的乡村

夜晚真的非常寒冷。我躺在睡袋中，眼睛透过黑色的树枝，望向夜空中的繁星。我多么希望我们能把帐篷支起来。狗狗们越挤越近。很快，清晨的太阳从树后面的地平线上升起来，照着我的后背，暖洋洋的。我累极了，但是埃默里已经起来了，正忙着装车。所以我不得不从睡袋里爬出来，找个地方小便。太阳刚刚从地平线上露出头，我站在荒凉而干燥的泥土上，凝视着这片光秃秃的大地。

零星几根杂草从脚下裂开的泥土缝隙中长出来，试图挤走那些根茎扁圆、带着零星粉红和绿色的圆叶子。

我忍不住想，在这片山脉的某处，是不是还有一些长着绿色牧草的地方。金色的麦田在阳光下闪闪发光，说不定还有羊群在那里吃草。也许只要我们跑得足够远，就能达到那里。但是，我在新闻上看到——当然，是在他们掐断电视信号之前——全世界任何一个角落都不再长牧草了，以后也不会有了。现在甚至连亚洲都没有大米了，所有人都需要大米。非洲没有玉米了，美国也没有玉米了。短时间内，没办法种出足够多的土豆、南瓜和卷心菜来代替它们。我想，这就是为什么他们不再让我们看新闻的原因，他们不想让我们感到恐惧。

这里的树木一副缺乏水分的模样，周围几乎没长什么草，看起来都是干巴巴的。即使是在什么都看不清楚的夜晚，那些裸露的红色土地看起来也像是正在燃烧。但是，这并没有阻止大片灰白色的刺棘和其他细长而干燥的野草在这里蔓延。

小奇、沃尔夫和熊仔在树干的周围嗅来嗅去。瞧它们找东西的模样，好像能在那儿找到负鼠似的。埃默里正忙着给奥伊斯特和乌贼喂水，然后顺便把它们拴在雪橇车上。

接着，他挨个召唤其他狗狗，也给它们喝了一些水，然后把它们一一拴在雪橇车上。这个早晨，我们谁也没有吃东西。我猜，我们只剩下两罐沙丁鱼罐头了，但是我们还有很长一段路要走。

突然，远处传来一阵轰鸣声，我赶紧跑到树后的雪橇车那儿，把狗狗们拉回来，躲在树干后面。我抓住奥伊斯特和乌贼的项圈，帮助埃默里让狗狗们安静下来。我用手和胳膊肘夹住它们的耳朵，抱着它们的头，紧紧地贴向我的肚子，低声对它们说："嘘，嘘，嘘……保持安静。"

三辆摩托车快速驶过自行车道，巨大的轰鸣声在空旷的土地上回荡。那声音从光秃秃的山上传过来，包围着我们，砰砰地撞到我的心里。我的心隆隆作响，就像它不知道心跳还有节奏似的。狗狗们一定能听到我的心脏发狂似的跳着。狗狗们呜咽着，蹦跳着要挣脱出去。马鲁奇的喉咙里发出呜呜的声音，好像它也是一辆巨大的摩托车。我猜，那些摩托车手一定听到它的叫声了。但是他们，还有他们胯下轰鸣的摩托车，已经飞驰而去。

埃默里摇了摇头。"我们必须再走远一点，速度要快。"他小声对我说，"对他们那样的人来说，这不过是从城市出发的一日游。"

我不太确定他口中的"那些人"是谁，但是刚才摩托车上的三个人不可能是出来游玩的，尽管从前他们会这样做。他们很有可能是出来寻找食物的，绝大多数人不会放弃他们找到的食物。

我们重新整顿了雪橇车，让狗狗们回到自行车道上。我们站直身体，四处张望，想看看周围是否还有闪烁的摩托车尾灯。埃默里站起来，一只手抓着小奇脖颈处的毛，另一只手在自己的脖子上摩挲。他焦虑时就会这么做。

他让小奇乖乖坐好，然后自己回到雪橇车上，拿出地图，认真钻研起来。他的手指沿着地图上的一条虚线游走。

"也许，"他低声说，"他们要过一段时间才能回来。以他们的速度，到达最近的城镇也需要半个小时。"

我点点头，回应说："在他们看见我们之前，我们应该能听到他们的动静。"然而，即使我们已经重

新出发了，我灼热的耳朵总能听到从山那边传来的轰隆声。

我们一直加速向前跑，大概过了一个小时吧。雪橇车的轮胎在混凝土路面上发出咕噜咕噜的声音，我的耳朵绷得紧紧的，像疯了似的。随后，混凝土路变成了贝壳和石块混合的岩压路面。狗狗们飞奔的脚掌下扬起了阵阵尘烟。太阳高高地挂在天上，狗狗们已经累得气喘吁吁了。我们大概又走了半个小时，埃默里才叫道："慢点！慢点，小奇！吁——"小奇转过头，确认埃默里是认真的。然后，其他狗狗也随之放慢了速度。雪橇车从车道上下来，驶进了一个宽阔平坦的跑马场。

埃默里对我说："我们得从这里穿过去。"于是，我们向那片跑马场驶去，跑马场里全是干裂的泥土。也许那里曾经有成群的牛羊，但是现在只有裸露的泥土、棘刺和野草，围栏的木桩东倒西歪，连接围栏的电线要么断裂，要么彻底消失不见，就连大门也是敞开的。

在这里，我们前进的速度要比自行车道慢一些。我们七扭八歪地穿过跑马场，一路上，雪橇车上下颠簸着。但是走在这里，我感觉好多了。没有来往的人，我们被这些小山丘围了起来，背后是一片树林，任何经过自行车道和马路的人都不会发现我们。我们像是走在一个被保护起来的小世界里。我们距离那些摩托车手很远了，距离人群也有很远的一段距离。现在我觉得那些人可怕极了，像蛇一样令人恐惧。我不知道，他们也许会攻击我们，也许会像那个带孩子的女人一样逃跑。但是，我希望他们跑掉，永远都不要停下来。

太阳越升越高，高高地悬挂在空中。我们跑到几棵树下，停下来休息。埃默里打开最后两罐沙丁鱼罐头，喂给狗狗们。我们什么也没吃。最后一丁点沙丁鱼滑进乌贼的喉咙。埃默里看着我，好像以为我会为此而和他争辩。乌贼吞得很快，甚至没有嚼一下，囫囵个儿吞了进去。它可怜巴巴地看着我们，还想吃更多的鱼。埃默里伸出手，让它把自己手指上的油舔得精光。为此，它着实兴奋了一阵子。

"如果它们跑不动了，我们哪里也去不了。"我说的就像我相信我们去的地方一定会有食物一样。然而事实是，我猜，埃默里和我也许会饿死。

　　我猛地灌了几大口水，想填饱肚子，好让我的胃不再因饥饿而感到疼痛。我又往平底锅里倒了一些水，喂给狗狗们。然后，我们躲在树荫下抱成一团，在这个温暖的午后睡了一会儿。我实在是太累了，没有吃东西，也没有一丝力气。真是太累了。

　　当我听到发动机的轰鸣声时，我惊恐地从睡梦中醒来。我看见埃默里和小奇正站在那儿，其他狗狗也机警地竖起了耳朵。其实，我不太习惯听到老式汽车的发动机声，因为我一直生活在城市里，那里全是电动汽车。那声音消失了，好像是有人一边对彼此大喊大叫，一边开走了它。

　　埃默里摇了摇头，坐了下来。

　　直到埃默里把我叫醒，让我继续赶路时，我还迷迷糊糊的，根本没力气爬起来。所以，当我们再次出发，穿越这片土地时，我就坐在雪橇车的脚踏板上，把脚放在中间的网兜上，盯着两边飞扬的尘土发呆。太阳越来越低，空气逐渐变得凉爽起来时，我彻底清醒了，挣扎着站起来。我们此时正沿着一条大路向前奔跑。这虽然不是坚硬的路基，但是在沙石上有两条小路的痕迹。不过，前面的路上好像有些东西。

埃默里带我们绕过去。我们转向土地的低洼处，来到几棵树下，从那里悄悄地走。当我们行驶到和那东西几乎平行的地方时，我终于辨认出，那是一座桥。桥中间的部分已经坍塌，一辆巨大的老式马车停在十字路口，上面竖着一个标志："道路封闭"。一些废旧的汽车、拖拉机、犁具，还有其他农用具堆在一起，构成了一个巨大的路障。没有任何汽车或者摩托车能在短时间内从这里通过。

我们沿着洼地一直走，穿过一条小溪，顺着曾经放羊的小路爬上一座小山坡。当我们回头看时，有几个人背对马车，坐在几张白色的塑料椅上。他们正努力把面前的火堆点燃，时不时往里面扔一些纸板或者其他什么东西。他们一边聊天一边大笑着。几支步枪就靠在他们身边的椅子上。

我低低地伏在雪橇车里。埃默里把雪橇车重新带回到低洼处的小道上。

"我觉得，他们没有看到我们。"他说。

我点点头。我感觉我们离任何高速公路都很远，但

是周围仍然有很多人和房子。尽管到处裸露着红色的泥土，但这里并没有离城市很远。这里曾经都是农田，也许人们还愿意留在这里，因为这里还能生长土豆或者其他东西。然而，他们如果像我们在城市里那样，等待有人运来食物的话，还不如早点离开。因为食物永远不可能送过来了。

第十二章
山顶上有只羊

我们一直在洼地里行走，七拐八绕，我们最终还是走上了一条碎石路。接下来，我们便沿着这条路走了一阵。

一栋房子坐落在道路的尽头，周围绿树环绕。从我们这里看过去，那里全是一排排的绿色植物，还有几个绿色的大正方形。但是，那不可能是牧草，对吗？

我们离那些植物越来越近，我问埃默里：“你觉得那里有没有人？”

“那些植物应该是水果。”埃默里说着，舔了舔嘴唇，吞了口唾沫。他虽然个头不高，但食量可不小，所以他很可能比我更饿。我们都很想吃一些水果。但要是那里

有人该怎么办?

果树周围竖着栅栏。当狗狗们载着我们从果树栅栏的拐角处绕到后面时,一个穿着围裙的老妇人坐在那里,正在给一只山羊挤奶。山羊看到我们吓得咩咩叫,老妇人也吓得跳了起来。

埃默里对马鲁奇说:"停下!"他急忙跳下来,想抓住它的脑袋。

"两个孩子,还有这么多只狗!"那个老妇人看到我们时,也叫了起来。

紧接着,一个男人从果树丛中走出来。他的腋下夹着一杆枪,穿着一件灰色和红色相间的格子衬衫。一个装着水果的桶在他手中摇晃着。他上下打量着我们。

"好吧,"他说,"你们驾驶的这东西叫什么?"

埃默里赶紧回答:"这是狗拉轮式雪橇车,先生,就像阿拉斯加用的那种雪橇车似的,不过,我们这个是带轮子的。我们不是有意冒犯您的领地的,先生。"

"你们吓了我们一跳,不过没关系,孩子。无论如何,现在大多数情况都不是很好。"那男人说,"你们是怎么通过路障的？"

"我们没从大路走，我们走的是土路。直接穿过去就行了。我们要去找我妈妈。"埃默里回答。

"那么，她住在哪里呢？"那个男人问。

"在乡下，先生。"埃默里回答得含混不清。

"你的父母在哪里？"那位老妇人也问。

"我妈妈在乡下，"埃默里继续回答，"爸爸随后就到，也许明天就能到了。"

我看着埃默里，他说的一切仿佛都是真的。我真希望他说的这些都能实现。

"请问，我们能不能在这附近露营？可能就在小溪附近，让我们的狗休息一下，给它们抓点鳗鱼吃。或许您这附近还有一些袋鼠或者负鼠之类的小动物。希望您不要介意，我们可能会杀一些小动物喂给它们。"

"孩子，现在，我的速度已经无法杀死那些体弱多病的袋鼠了。"那个男人说，"它们靠吃杂草为生，现在瘦得浑身只剩下皮和骨头。你们自便吧。"

"泰德，他们可以住在我们家，我们有额外的房间，

还有充足的食物。"老妇人说。

一想到能睡在床上，洗个热水澡，再美美地吃上一顿，我的嘴角不自觉地上扬起来。

"不用了，"埃默里却拒绝了。我脸上的笑容也随之消失了。"我们住在小溪边就挺好的。而且，狗狗们会乱叫，很吵的。"

"但是——"我想争辩。

埃默里朝我摇了摇头。

"好吧，你们等一会儿，我去屋里给你们拿点吃的。"老妇人说着，急忙走上台阶。

那个叫泰德的男人递过来一个装着苹果和西梅的桶，问道："你们想吃一点吗？"

"是的，非常感谢！"我说完，跳下雪橇车，急忙跑到他身边，拿了一个苹果和两个西梅。

"再多拿些吧。"他提着桶对我说，"反正这些也是要喂羊的。"于是，我撑开 T 恤，塞了三个苹果和好大一堆西梅，然后把它们放进雪橇车上的背包里。

"真是抱歉，我们没什么东西能跟你们交换。"埃默里说。

"别担心，"泰德说，"我们的水果多得不像话。我们存储果酱的罐子就有那么多。所以，看到它们不会浪费，我们也很高兴。"

"非常感谢！"埃默里说，"你知道的，很多人都从城里跑出来了，到处寻找食物。而且，他们不择手段。"

"我见过那些人。他们到我们这里来过几次，我们和其他农夫联合起来，把他们赶跑了。我们家不在大路边上，"泰德说，"而且，我们会轮流在路障的卡口处值守。"

"我们就绕过了路障。你有没有考虑过搬到别的地方去？去一个从大路上看不到的地方。"埃默里说，"比如去什么地方躲起来。"

"是啊，离搬走的时间也不远了。"泰德一边回答，一边慢慢地点着头，好像他已经想好要搬去哪里了。这时，老妇人从房子里走出来，泰德微笑地看着她。老妇人手里拿着两个塑料保鲜盒。猛一看，盒子里好像装满了土豆和南瓜，但是仔细一看，是个方形的、大大的东西，还是乳白色的。我想那一定是奶酪！

雪白的羊奶酪！我真不敢相信。我真是太久太久没有见过乳制品了。我真想立刻打开盖子，趴上去狠狠咬上一大口。

"天啊！"我说着，不自禁地用双手接了过来，"太感谢您了！"

"我们在这里一切都还算不错，"老妇人说，"一开始，我们还能收获一些根茎类的蔬菜。这些蔬菜足够我们自己和几只山羊吃，还能拿出去和邻居们交换。我们院子里有一些果树和蔬菜，三叶草、杂草、芜菁是给山羊吃的。我们的储备很丰富，能一直撑到科学家们想出好办法除掉这些真菌。你们真的不想在这里过一夜吗？"

"不了，"我说，"我们就在小溪边，没问题的。"

埃默里补充说："而且我们一大早就要起来赶路，我们不想把你们吵醒。"

老妇人点了点头。我把两个塑料保鲜盒放进背包里，又拿出一些西梅。我必须得吃点东西，现在就吃。因为那些奶酪，现在我的嘴里全是口水。

"谢谢！"我再一次向他们表达感谢，"真是太感谢您了！"

埃默里向他们挥手再见，随后，他从我身后爬上雪橇车。"出发！"他朝马鲁奇喊道。我们再次出发了。我们穿过光秃秃的农场，绕过一片巨大的马铃薯田，然后驶上一条凹凸不平的破旧的拖拉机道，一直朝小溪驶去。那里看起来像极了一排种得歪歪扭扭的绿色树林，把空荡荡的红色泥土一分为二。当逐渐靠近河岸时，我们看到大片杂草蔓延，试图覆盖整片土地，似乎要成为这里的主人。一种灰色的植物正在这片土地上伸展着自己的躯干，它的叶子也是灰色的，叶片扁扁的。其他植物的茎脉像这里的土壤一样，是红色的，长着小小的绿色叶子，那模样似乎要把自己藏起来。也许它们知道，这附近的山上有山羊。

埃默里一次又一次转动着脑袋，一再确认周围的情况。我们沿着小溪越走越远，根本不像他说的那样，驻扎在小溪边。看起来，他似乎还不信任那对老夫妇。

"他们看起来是好人。"我对他说。

"是的，看起来是。"他回答。

"我觉得他们就是好人。真希望我能睡在一张真正的床上，然后吃一顿丰盛的早餐。"

"你知道的，他们会把你养得胖胖的。"

我用胳膊肘顶了一下埃默里的胃部。这时候，我可不想听到这种愚蠢的玩笑。

第十三章

一切如旧

　　太阳渐渐西沉，埃默里终于指着岸边一片平坦的沙滩，让狗狗们停了下来。那片沙滩隐藏在几棵矮小的灌木后面。

　　"躲在那里就没人能看见我们。"他说。他在溪流边的石滩上绊了一跤，不停地跺着脚。我抓着雪橇车的刹车，和狗狗们一起，在旁边等着。

　　"这边都是沙子，软软的。"他冲我们喊，"睡在这里肯定很舒服。"

　　埃默里身后的灌木丛里响起了沙沙声，一只小袋鼠突然从里面跳了出来，它试图穿过小溪，没想到摔了一跤，跌到狗狗们面前。它不仅小，而且还很瘦。非常非

常瘦。

我忍不住叫了一声："哇！"就在这时，马鲁奇跟在它后面跳了过去。

沃尔夫和熊仔也跟在后面跳了出去。它们实在是太饿了。现在，所有的狗狗都忘记了自己还有拉车的使命，全都只顾着去抓那只小袋鼠。

我紧紧地抓住车把，不论它们跳起来还是向前冲，我都紧紧拉着刹车。我不会驾驶这辆车，也不知道怎样让它停下，但是我够得着紧急按钮。我可以放开狗狗们，让它们和这辆车分开。在车翻倒的那一刻，我的手紧紧握在那个红色按钮上。我、帐篷和装满水果的背包全都狠狠地摔到了地上。我的脸上全是泥土，胳膊肘也被划伤了，雪橇车侧翻时，我的脑袋一侧狠狠地撞到地上。但是，我用力拉那个按钮，车就停下来了。咆哮的狗狗们打算丢下我跑出去，然而它们还全都拴在弹力带上。

"埃拉！"埃默里急忙来到我身边，拉过我的胳膊，仔细检查受伤的胳膊肘。我坐直身体，吐出嘴里的脏东西。他抓过我的肩膀。

"我没事。"我回答。

他捏了捏我的肩膀，从一个皮质刀鞘中抽出一把刀，那把刀本来放在雪橇车顶部的袋子里。他拿着刀，追在那群咆哮的狗狗身后。

小袋鼠倒下的时候，发出一声尖叫。紧接着，一阵伴随着咆哮声的混战爆发了。到处是飞扬的尘土和呲着牙齿的嘴巴，所有的狗狗都想上前咬上一口。埃默里大喊一声："放下它！"他走进混战的狗群中，拽着奥伊斯特和马鲁奇脖颈上的皮毛，把它俩分开。现在，所有的狗都不再咆哮了，除了奥伊斯特，因为它真的很想现在就吃掉那只袋鼠。可怜的小袋鼠，它还没死呢，还在吱吱叫。我捂上了眼睛。

"坐下！"埃默里再次命令它们。他靴子下踩着那只虚弱的袋鼠，小袋鼠还没有放弃挣扎。四只狗狗乖乖地坐在地上。最后，奥伊斯特也坐下了。

埃默里用刀处理了小袋鼠，又快又准，好像他知道应该怎样做一样。我站起来，拍打着身上的尘土，一瘸一拐地走了过去。可怜的小袋鼠！

小袋鼠躺在那儿，血淌了出来。埃默里忙着帮每只

狗解开弹力带的卡扣。他让每只狗都分开坐，坐到离彼此远远的地方。

他把袋鼠肉分成很多块。马鲁奇最先得到一条大点的肉，因为它是领头的狗狗。然后是熊仔和沃尔夫，它们各得到一块稍小的。奥伊斯特和乌贼各得到一块小点的肉。每只狗狗都安静了下来，忙着咀嚼自己面前的食物。他把剩下的肉切成小块，然而这只小袋鼠根本没有多少肉。埃默里把它们一一扔给每一只等待着的狗狗。

"好了，"他说，"现在它们应该能弄清楚谁得到了什么，不会再打架了。"他捡起散落在地上的弹力带，我们走回雪橇车旁，扶正了雪橇车。我们把所有的东西都重新打包，然后抬着车子蹚过小溪，来到沙滩上的灌木丛后面。

我们一坐下来，就立刻掏出奶酪吃了起来。柔软的奶酪像奶油一般，又带着些许咸味。它黏在我的口腔上颚。或许，最高级的美味吃起来也不过如此吧！为了吃到一点奶酪，我的胃几乎要爬到我的喉咙里了，嘴巴却想永远留住这个美味。啊，奶酪。我从未忘记过它是什么味道。而且，我从未吃过山羊奶酪。但是我敢肯定，我从未觉得奶酪这么好吃。

"可不能让它们变质了。"埃默里说着，又伸出两根手指，从塑料保鲜盒里挖出了更多的奶酪，全都塞进了嘴里。然后，他把保鲜盒塞到我怀里。

我终于把嘴里的奶酪咽了下去。我捧着盒子，把剩下的奶酪也塞进了嘴里。

埃默里把保鲜盒又拿过去，舔了起来，就像马鲁奇经常做的那样。

"你快去小溪边，把脸和胳膊洗一洗。"他说，"我来搭帐篷。"

小溪的水刺痛了我的胳膊肘，但是我没有理会。无论如何，如果周围没人拿创可贴或者其他东西来帮忙，抱怨是没有意义的。我灌满水罐，就去整理那一堆水果。雪橇车侧翻时，砸坏了不少，在水果腐烂之前，必须把它吃掉。但是，这样的话，明天我们就只剩下一个苹果和两个西梅了。我把它们放回包里。

埃默里和我爬进帐篷，打开帐篷的门，坐在睡袋上，一起吃被砸烂的水果，还有泰德和他的妻子给我们的土豆。狗狗找到我们，一个接一个走过来，趴在帐篷

附近啃骨头。它们都盯着其他狗，一旦有其他狗靠近，它们就站起来，用嘴叼着骨头，换个地方。奥伊斯特冲其他狗露出自己的尖牙，乌贼、沃尔夫和熊仔灰溜溜地跑开了，好像它们根本不想与之起冲突。

"它们都饿坏了。"我说。

"我想，明天我们应该继续在这里休息。狗狗们都太累了，明天继续长途跋涉的话，它们会受不了的。我们也都太累了。这里看起来是个安全的地方。如果我们能再抓一些鲶鱼或者其他袋鼠，对我们大家来说，都是再好不过的了。"

马鲁奇最后一个来到帐篷这边。它没有带着骨头。也许，它把骨头埋到了什么地方。

"我去周围看看，很快就回来。"埃默里说。

"我也去。"我说。

埃默里背着我蹚过小溪，所以我的靴子没有再次弄湿。随后，我们爬上附近的一个小山顶。现在，整个世界一片漆黑，天空中只剩下一丝亮光。五只狗狗也跟着我们上来了。在微风中，它们仰着脖子，鼻子冲着天空高扬着。老夫妇的农舍就坐落在远处，其中的一扇窗户正亮着灯光。

"他们太愚蠢了。"埃默里喃喃自语道,"那座房子像灯塔一样惹人注目。"

"也许,他们知道没人能从主路上看到他们。"我说。

"那三个骑摩托车的人是沿着主路走的吗?"埃默里反问。

"泰德有枪。"

"也许那些坐在老式汽车里的人有三把枪。你还记得爸爸说过的话吗?"

"当这个世界天翻地覆的时候,那些能生存下来的人,都是最先学会如何用脑袋走路的人。"我说。

"是的。那些人仍然还在用脚走路,因为他们认为,这个世界随时都会翻转过来。"

"也许会的。"

"也许有人能种出长得出来的牧草,他们还要多久才能培育出足够多的种子,运送到澳大利亚来?我们现在处在这个世界的最底端,埃拉。亚洲、美洲和欧洲有数百万挨饿的人,他们会先得到这些种子。还有,那些

牛羊还要多久才能回来？如果我们一直待在原地，等待帮助，这种情况就不会很快结束。他们说，乡下的草长得还可以，所以那里仍然有健康生活的袋鼠和鸸鹋。"

"如果城市里的每个人都跑到乡下，该怎么办呢？"

听了这话，埃默里笑了起来。"大多数人都害怕这么做。许多人都会坚持守着自己的房子和他们以前的生活。"

"他们是害怕尝试用脑袋走路吗？"我问。

"是的，"他说，"那片土地收获了许多草籽，以前的草也一直长在那里。那里的人民一直在那里打理牧场，和附近的袋鼠保持一定距离，确保它们一代一代永远健康地生活下去。有了这些，还有妈妈种的蘑菇，我们只要成功抵达那里，就会吃得很好。也许，我们会有足够的牧草和周围的农场分享给人们，甚至整个州的其他地区，或者整个国家。"

我知道的不多，但我知道整个国家太大了，仅凭埃默里一个人无法拯救这一切。

第十四章

驶入黑夜的汽车

第二天，我们一直睡到中午才起来。我们藏在这里很安全。我们的狗都吃饱了，我们也吃饱了。我想我们都累坏了。埃默里拿着猎刀，一点点把一根木棍削尖。我们躺在水里，准备用木棍叉水中的鲶鱼。但是，那些鲶鱼比我们还要狡猾，当我们上床睡觉时，肚子里除了水什么也没有。不过，狗狗们还有骨头可以啃一啃，所以整个晚上，它们都试图把这些骨头啃得稀巴烂。

"明天我会早点起来去打猎，"埃默里对我说，"如果不成功的话，我们可能需要去泰德那里，乞求他再多给我们一点土豆。"

"太好了！"我高兴地呼喊道，为明天找寻食物的计

划兴奋起来。

我们很快就睡着了，我、埃默里，还有五只热烘烘的、毛茸茸的大狗围在我们身边，压着我的脚丫。我梦见我拿到了很多柔软的白色奶酪，它们在我的 T 恤里融化了，滴滴答答地掉下来。不论我吸了多少次，奶酪都不停地滴到地上。然后，马鲁奇跳了起来，趴在我的腿上，不停地叫唤。很快，埃默里也醒了，他冲过去，让它别叫了。他悄声说："嘘——"

马鲁奇还在低声叫唤，在它的叫声之外，我们还听到远处传来的一阵阵叫喊声，随即夜空中又响起一阵巨响，"咔嚓——"是木头断裂的声音。我立刻坐直身体。外面太黑了，什么都看不见。但是，埃默里在帐篷里点着了他的打火机，总算能看见点什么了。在山顶，泰德的房子那儿有红色的光亮了起来。好像是山上着火了。夜空中，回荡着更多的呼喊、更大的叫声。

"我们必须得帮帮他们！"我说。我认为是他们的房子起火了。

"嘘——"埃默里又命令道。他朝马鲁奇的脑袋上打了一巴掌。马鲁奇跳了起来，它不再叫唤了。从来没有人这样对过它。

此刻，我们都在侧耳倾听。那里有男人们的叫喊声，不止一个人。

"我们必须得帮帮他们。"我悄声对埃默里说。

"我们帮不了什么忙。"埃默里声音低沉地对我说，"我们只是两个小孩，还有一群狗。"

"你有猎刀啊。"我提醒他。

"那是用来分割袋鼠肉的。要是有人想伤害我们，拿出来吓唬人还凑合，并不适合用来和人拼命。"

他说得没错。我知道，他说得都对。说真的，我也不希望他去那里。

"我要去看看那里到底发生了什么，你让狗狗们保持安静。"他说。

"不，"我回答，"我也要过去。"

"如果我们都过去了，狗狗们会乱叫的。你必须待在这里。"他偷偷溜出帐篷，然后转过身，把帐篷的拉链拉好。他走以后，马鲁奇不停地呜呜叫着，还用爪子挠了挠拉链。

"别这样，小奇。"我说着，把它拖了回来，"耐心

等一等。"

它哼了一声，喉咙里发出抱怨似的呜咽。

埃默里光着脚，悄无声息地走在沙地里。他蹚过了小溪。然后，什么声音也没有了。除了远处的叫喊声，其他什么声音也没有了。

有五只喘着粗气的大狗在身边，我很难听清楚远处的声音。我不知道他们在喊什么，但是我的头发全都竖了起来，就和狗狗脖颈里的毛一样。也许，是我不想知道发生了什么。

埃默里离开太久了。我一个人待着的时候，时间总会变得很漫长。但是这次，我感觉像是过了半个晚上。过了一会儿，马鲁奇开始低声叫唤，再次对着拉链处发出哼哼唧唧的声音。小溪里响起水花四溅的声音。真不知道马鲁奇是怎么知道的。

"是我！"埃默里悄声道。说着他拉开拉链，一一安抚五只激动的狗狗。它们都围过来，试图舔他的脸。

"到底发生了什么事？"我悄悄地问他。

"太迟了。"他回答，"那座房子没了。我不知道他们发生了什么事。我们先等一等，等到太阳升起时，再过去看看。"

我重新躺下来，拖过一只狗狗，抱在怀里。在一片漆黑中，你很难分清楚它们谁是谁。狗狗们似乎变得更冷静了，因为埃默里已经察看过外面的喧闹声，它们都躺了下来，很快响起了轻轻的鼾声。但是，我躺着，听见埃默里的呼吸并不像睡着了那么规律。砰的一声，是汽车车门关上的声响，从农舍那边传来。几辆汽车发动了，驶入夜色中。

过了一会儿，天亮了。拉开帐篷的拉链，狗狗们纷纷跳了出去，在清晨的阳光下雀跃着。我坐起来，使劲揉着眼睛。埃默里正在帐篷外穿靴子。

我急忙喊他："等等我！"

第十五章
夷为平地

我们站在小山顶上，一座烧得只剩下空壳的房子在远处冒着烟，只剩下几个铁皮棚子在一旁。

"我可以一个人过去。"虽然埃默里这么说，但他看起来很不情愿接近那里。

"我也要去，"我说，"我可以的。你不用一直试图保护我。"

埃默里看了我一眼，好像他并不相信我说的话。但是他点了点头，我们一起朝着那座冒烟的房子出发，五只狗狗跟在我们的身后。

房子被夷为平地，什么也没剩下。一堆堆黑乎乎的东西根本无法辨认出它们以前的模样。我想，我依稀能辨认出一个烤面包机，一个烤箱和一个冰箱。但是至于其他东西，我真的认不出它们是什么，一点都看不出来。

埃默里踩着快要燃尽的木炭，打开冰箱的门，里面除了黑乎乎的一片，其他什么都没有。没有留下任何食物给我们。"我想，他们一定拿走了所有的奶酪。"他喃喃道。

我走到房子的正前方，发现一个穿着格子衬衫的人躺在私家车道上。那是泰德。他背对着我，一只胳膊耷拉在身后。我朝他走了几步，我想我应该去确认一下，万一泰德还活着。但是，我根本迈不开步。我站的位置大概离泰德有二十步远，但我的脚根本无法向前迈出这二十步。我强迫自己的身体朝前倾，脚不得不向前迈出一步。慢慢地，我离他越来越近了，大约只有三步或者四步的距离。

熊仔从我身边轻快地跳过去，想跑到躺在地上的人跟前。它还没有到那儿，就停下了脚步，小心翼翼地伸出鼻子，朝泰德那边嗅了嗅。它摇了摇头，回来了，一边跑一边用鼻孔出气，好像它闻见了什么讨厌的味道。

　　埃默里叫住了我："埃拉！"然后，他走到我身边，拉住我，好像在阻止我继续靠近。"你不用非去看一个死人，贝儿。"他小声跟我说，然后把我拉走了。

　　"我们应该把他埋起来，或者做点什么。"我提议。

　　"别，把他留给那些'老狐狸'吧！如果那些人再回来抢剩下的土豆和水果，他们会看到这里和他们之前离开时一样。来吧，过来捡一些水果，泰德一定希望我们吃掉它们。"

　　我点点头，咽下涌到喉咙口的呕吐物。我走到小菜园里，就在这座被焚毁的房子旁边，找到了一些西梅和苹果，还有一些杏子，它们都是可以吃的，我把这些水果在裤子上擦了擦，把外面的灰擦掉。我捡不了更多的东西了，因为我的胳膊像一节木桩一样沉重，但是我努力向前走，半路上还捡到了泰德的蓝色小桶，把水果装了进去。我们朝那片长有土豆的田里走去。我停下来，看着埃默里和小奇在地里挖土豆，然后把这些挖来的土豆放在这桶水果的最上面。我就站在那里，看着他们。现在，我的胳膊像坏死了一样，就像泰德的胳膊那样，耷拉着，面朝大地，无用地垂着。

我们回到帐篷。我突然感到一阵真实的疲惫袭来，我的身体疲惫极了，像死亡遍布全身那样疲惫。我趴在睡袋上。

"我们必须马上出发，离开这里。"我说。

埃默里却摇了摇头。"这里有水果，还有土豆。我还能打猎填饱狗狗们的肚子。我们应该在这里休整几天，等那些干坏事的人去别的地方了，我们再出发。"

我什么也没有说。我闭上眼睛，心里想着我们小小的公寓，想象听见爸爸在厨房忙碌着烤饼干的声音。

"我去小溪边走走，看看能不能给狗狗们找些食物。"埃默里说。

"好的。"我嘴里答应着埃默里，鼻子却闻到了爸爸烤好的饼干的香气。离我们拥有面粉、黄油，能做饼干的日子，已经过去多久了？一年，还是两年？我好想爸爸啊。我想起泰德躺在自家房前的私家车道上的模样，我想起了爸爸。他在哪里？如果他也像这样死了，躺在某个地方，瘦削的胳膊无力地耷拉着，那该怎么办？我不能把这些告诉埃默里，因为我不想让他像我这样想起爸爸。

"你一个人在这里可以吗？你希望我给你留一只狗狗吗？我不会走远的。"埃默里又说。

"我没问题。"我回答他。但是我想，我已经崩溃了。

埃默里带着狗狗们走了。太阳照着我的背，暖洋洋的。我紧紧地裹着睡袋，睡着了。

第十六章
重新出发

　　狗狗们回来了，喘着粗气，浑身冒着热汗。它们刚从小溪里出来，爪子和脸都湿漉漉的，嘴巴周围沾着血迹，带着一股难闻的肉腥味。它们跑到我身旁，簇拥着我。过了一小会儿，埃默里也回来了。

　　那把装在皮质刀鞘里的刀被他绑在了大腿上。他的眼睛里流露出狂野的神情，胳膊上留着没来得及在小溪里洗掉的血迹。世界天翻地覆，埃默里已经学会了如何用脑袋走路。

　　他踢掉靴子，一屁股坐在睡袋上。"我们又捉到一只皮包骨的袋鼠，还找到了一只已经死掉的负鼠。"他一边说，一边打了个哈欠。他把两只手放在脑袋后面，

躺了下来。很快，他和狗狗们就在烈日炎炎的午后睡着了。

我真傻，看到一个死人就吓得浑身战栗。我还没有学会用脑袋走路。但是，我很快想起来，这很正常，正常人都会这么做。泰德对我们很好，他是一个好人，所以他觉得其他人都应该是好人，就像我们一样，只是路过这里，拿上一盒奶酪就会高高兴兴地离开。我说过，爸爸不希望我们变成坏人，但是说真的，我想爸爸一定希望我们平安活着。即使是好人需要帮助，我们为了保命，也不得不跑开。

我告诉自己，也许他们饶过了泰德太太，他们需要她照看那些山羊。也许，她是平安的，正躲在某个地方。等这一切过去了，她又会回到她的农场，带着她的山羊，在某处一个小小的新家里，再做些奶酪。

晚些时候，我们又去了一趟被焚毁的农舍。不过，我的脚根本迈不过那片土豆田。因此，埃默里负责捡水果，我负责挖土豆。后来，我们生起一堆火，把土豆放在平底锅里全部煮熟，又把煮熟的土豆放在小溪里冲洗一番。最后，我们把这一大堆煮熟的土豆装进背包里。最后，我们把火扑灭，离开了农舍。

"千万不能让任何人看到这些火焰。"埃默里说着，用手摩挲着他的脖子后面，仔细查看那些消失在我们头顶云层上的烟雾。

如我们所愿，拥有许多食物是一件多么令人欣喜的事。但是，如果这些食物全是土豆的话，你就不会那么激动了。吃了两个土豆后，我就再也塞不下了。我的喉咙里充满了干涩的土豆。我给每只狗都扔了一个土豆，省得它们一直盯着我，不停地舔嘴唇。这应该能让它们填饱肚子，或者堵住它们的喉咙，这样它们就不会眼巴巴地看着我了。轮到奥伊斯特的时候，它显然为能得到一个土豆而感到十分高兴。马鲁奇坐在它身边，也不再冲它汪汪叫了。看起来，它们已经学会了如何与对方相处。

我们还有几个西梅，以及许多用来冲洗脏兮兮的土豆的凉水。水是我们从小溪里灌来的。

两天后，当太阳再次沉到地平线以下，天空刚刚变成粉红色的时候，我们已经拥有了满满一包水果和煮熟的冷土豆，一桶生土豆，以及一只死了的袋鼠和两只

负鼠。我把它们挂在雪橇车上，准备好所有的行李，打算第二天一早就出发。就连狗狗们也套上了挽具，拉车的弹力带也整理好了，我们只要咔嗒一下，把卡扣卡进去就可以了。所以，当我们让狗狗去睡觉，而不是出发时，它们看起来还有一些疑惑。

说真的，我真害怕再次走进这个世界。我也很难相信，我们在黑夜里偷偷潜行，仅仅只是五天前的事。

在黑暗中，我小声地跟埃默里说："也许，我们可以一直待在这里？"

埃默里也小声回答我："很快，我们的狗狗就会没有袋鼠吃了。而且，那些出城的人会找到水果、土豆，还有你和我。而且，爸爸和杰奎琳一定会担心的。"

"你觉得他们都安全吗？"我问道。

"他们肯定很好，埃拉。而且，他们也会去我妈妈那里。我们也很好，一切都会好起来的。"埃默里说。

"你不要向我承诺这些。"我低声回应他，"你不需要向我保证这些，我很坚强的。"

"是的，你的确很坚强。"埃默里回答。

"我们会一起做到的。"我说。

第十七章

沉默的巨人

当埃默里打开帐篷门的拉链时，天还没有亮，他把狗狗们赶了出去。我慌忙爬起来，穿上靴子，把睡袋紧紧地卷起来，塞进雪橇车里。这时，天空的边缘刚刚闪现一丝光亮。埃默里正努力在黑暗中把帐篷收起来。

"我们能看得清楚往哪里走吗？"我问他。

"我昨天匆匆看了一眼。天很快就会亮了，我们必须赶快行动起来，因为我们还要偷偷溜过两个城镇。如果我们不能一直沿着山谷的低洼处走，就必须一直坚持走到晚上，才能找个安全的地方停下来。"他回答。

我们出发了。果然像他说的那样，太阳很快就从地平线上升起来了。埃默里递给我地图，我们必须不停

地确认路线。我们一直沿着低洼处前进，先是沿着小溪走，然后走到了两座山之间，我们甚至看到高处有一些农舍，如果有人要是往下看，说不定就能发现我们。前面有一条公路，所以我们掉了个头，翻越山丘，然后又走进另外一处低洼地。从山顶上看，死气沉沉的大地在我们面前绵延。不远处是一个小镇，低矮的房屋和树木沿着一条铁路线伸展。小镇的尽头，竖立着五个高大而苍白的塔，仿佛是一个个巨型的卫兵，那是柱状的粮仓，它们似乎已经做好将谷物装载到火车上的准备了。沉默的、空空如也的粮仓，等待着永远不会到来的谷物，还有再也不会启动的火车。它们矗立在那里，高大而骄傲，但如今看起来却是那么悲伤，好像在回忆装满粮食时的美好时光。

太阳越升越高。这里干燥极了，轮胎和狗狗的爪子在我们的身后扬起红色的尘土，为走过的路面留下一条红色的印迹，就像一把指向天空的红色利剑，挥舞着，指向我们。

"埃默里。"我叫他。

"吁——"他指挥道，"慢点，小奇，慢点！"我们放慢了车速，扬起的灰尘变少了。不让狗狗们跑那么快，它们有点不乐意，它们喜欢快速奔跑。我们一直走啊，走啊，一直走到太阳在我们头顶的正上方燃烧，死掉的负鼠发出令人作呕的气味。我们的面前又出现了一条大路，于是我们再次掉转方向，想找到一个能藏身的地方。最后，我们在两座山之间找到了一个干枯的水塘。那里依然保留着潮湿的泥土，养活了旁边两棵扭曲的老柳树。我们走到那里，坐在低垂的枝条下休息。我把狗狗们从车上解开，绑到树下，一一喂它们喝水。埃默里正忙着分割一只负鼠和一块袋鼠肉。

"我觉得我们也应该吃一块美味的烤肉。"埃默里提议。他拿着一块带肉的骨头，在我的鼻子下面挥了挥。

我屏住呼吸，走开了。我不觉得这是什么好吃的东西，就算糊上一层面糊再油炸也不行。我们已经有好几年没有吃过糊着面糊的油炸食物了，我真的好想吃啊！要是真的有油炸的肉，我说不定也会吃的。

狗狗们吃过食物，睡下了。我们吃了一些土豆和水果，也躺在阴凉处休息。时不时有卡车的轰隆声和汽车的转弯声，越过山坡，从大路上飘过来，好在并不是那

么频繁。

　　埃默里打开地图，手指沿着地图游走。"今天傍晚，我们会穿过这条路。我们得从这儿穿过去，在两个城镇之间偷偷前进。走过这段路，前面就没什么人了。这里大部分是乡村，所有的路都能通往妈妈家。"

　　他伸出手指，指向城镇和蜿蜒曲折的道路。道路围绕着灌木丛和小片的湖泊，就快到河流边界了。

　　"简单！"我说。我们都笑了起来，因为这根本没那么简单，我们甚至连一半的路程都没有走到。

第十八章

陡峭的岩沟

傍晚时分，太阳低低地挂在天上。我又给狗狗们喂了一些水，把它们重新拴回雪橇车上。我驾着雪橇车，手握刹车。埃默里指挥着马鲁奇往山坡上爬。

"吁——现在！停下——"他让所有的狗狗保持安静。狗狗全部坐好，待在原地不动。他自己则爬到山顶上，向四周观望。

他摇着头回来了。"那里仍然有雾气腾腾的热霾。"

"但是，一整天只有几辆汽车经过那里。"我说。

埃默里点点头。"那么，我们就出发吧。那里有一排灌木丛，另一边是一条陡峭的岩沟。我们就沿着那里直行。"

"排好队!"他冲狗狗们喊道。狗狗们立刻跳回自己的位置,把带子拉得笔直,像等不及出发似的,嘴里呜呜叫着。埃默里从我手上接过操纵杆,启动雪橇车。"拉车!向上拉!使劲拉!"他呼喊着。

狗狗们戴着挽具,像野兽一样狂吠着,似乎要告诉全世界我们在这里。但是,当它们把车拉到山顶时,又很快安静了下来。接着,我们就一路下坡,狗狗们一路往下冲。雪橇车在坚硬的地面弹起来又落下去,把我的小腿震得生疼。在我们身后,雪橇车扬起了一团巨大的红色尘烟。

埃默里一直捏着刹车,这样,雪橇车不至于砸到奥伊斯特和乌贼的腿。他冲狗狗们高喊:"慢一点!慢一点!"就这样,我们驶向那片灌木丛和岩沟,它们看起来十分遥远。埃默里让狗狗们放慢速度,我们穿过路边的沟渠,越过马路,来到另一边的沟里。我们来到一片只剩下尘土的宽阔牧场。

当我回头看时,我们的身后留下了绵延几英里^①的

---

① 英美制长度单位,1 英里 =1.609 千米。

三轮车车辙和狗狗们的脚印。我们一路行走，仿佛留下了一条炽热的标记，直通向那个光秃秃的山坡，指向马路这边的土地。真希望尘埃落定、夜幕降临时，没人会看到这些痕迹。也许夜晚会刮起风，把这些痕迹通通吹散。

路上似乎有什么东西在前进，但是我们什么声音也听不见。就算太阳现在已经落到了我们前面的山丘背后，黑色的路面依然笼罩着雾气腾腾的热霾，让人看不清楚物体的模样。一定不是一辆汽车，因为那东西太小了，而且很破。也许是两个人正在走路，或者在骑自行车。然而我猜错了。他们移动得很快。

"有人来了！"我高喊道。

"快跑！快跑！"埃默里让狗狗们加速奔跑，尽管它们已经在加速了。

车灯照了过来，每辆车上都有一盏灯。车灯太大了，不是小小的自行车车灯。它们前进得十分顺畅，那灯光像火炬一般。一定是摩托车，但是什么声音也没有。没有发动机的轰鸣声，没有突突声……

"是电动自行车！"我高喊。他们骑的是电动自行

车，他们一定会追上我们的。

我们穿过平坦的大地，在一条旧栅栏的缺口处拐了个弯。尽管在这种光线下很难看到细小的电线，但我们还是看见那里的电线断掉了。也许从电动自行车那个方向看过来，我们很可能像一团灰尘。天很快就要黑了，也许他们不会费心跟着我们。

电动自行车的速度慢了下来，他们从马路上下来，跟着我们穿过牧场。白色条纹的大灯在我们身边跳跃着，几乎把我们身后的黑暗全部照亮了。他们要做的就是沿着我们的轮胎印迹前进。灌木丛和岩沟就在前方，我不知道我们能否赶在被电动自行车追上之前跑到那里。

"加速！加速！"埃默里大喊。狗狗们拼命奔跑。它们喜欢快速奔跑，而且并不在意为什么要这么做，它们总是拼尽全力。但是我猜，它们的速度不会超过一辆摩托车。

埃默里对我大声说："扶好车把，把车赶到岩沟那里。如果没有躲起来的话，你一定要第一时间把狗狗们解开。"

"什么？"我说。

"我会追上来的。"他说，"继续往前跑。"

"等等！"我对着他大声喊道。但是他已经跳下了车，跳进了那团烟雾中。他在树桩后面打了几个滚，四处寻找石头。雪橇车依然继续向前跑。

我很想停下雪橇车，我希望我们能一起与那些骑电动自行车的人战斗。但是狗狗们还在拼命奔跑，我在它们身后掌握着方向，笔直地向灌木丛跑去。一条小径出现在我的面前，就像我希望的那样，仿佛曾经有车从这里拐进了灌木丛。我对狗狗们说："吁！"于是，它们在这里拐了个弯。我们的两侧是两排大树，这里黑黢黢的，几乎什么都看不见。

"安静！"我命令道。狗狗们慢了下来，我拉住了刹车。"安静！"

夜空中传来开枪的声音。我的心跳到了嗓子眼里，我不禁尖叫起来。灯光在周围晃动，把我身后的黑色切成一块块碎片。又一声枪响。马鲁奇叫了起来。

我驾着雪橇车来到小径旁边的灌木丛，把车身翻过来，绑在树上。我不会留下埃默里一个人在那里等死。

我必须回去找他。一束灯光照了过来，正对着我身后的小径。我想从身边找到一根棍子或者什么可以搏斗的东西，但是我能找到的只有袋鼠的尸体，它从车上掉了下来。我把它攥在手里。

我跑回小径上，拖着少了一条后腿的瘦弱的袋鼠尸体，悄悄地前进。狗狗们的叫声从我身后传来。它们也很想帮助埃默里。

那束亮光沿着小路，笔直地射过来，我急忙躲进树林里。狗狗被灯光照亮了，它们跳跃着，拉扯着身上的挽具，大声狂吠，因为雪橇车卡在树上，电动自行车正沿着粗糙的小路向它们驶去。灯光出现在我身旁，越来越近了。我闭上了眼睛，防止灯光影响我在夜晚的视觉。当电动自行车来到我身边时，我跳出来，拖着袋鼠的尾巴从头上甩了出去，恰好甩到骑车的人。他从车上摔了下去，电动自行车向前滑走。在灯光的边沿，一只左轮手枪在地面上上下弹动。我追在后面，把枪捡了起来，围着那个试图站起来的人转圈。我用枪托狠狠朝自行车的前灯砸去，砸了三下才砸坏，这东西可真结实！然后，我猛地击打红色的尾灯，眼前突然变得一片黑暗，甚至还出现了点点的光斑。我趔趄着，被狗狗们绊倒了。我活动了一下脚踝，揉了揉膝盖，再次站了起来，刚好撞到了跳上跳下、浑身黝黑的马鲁奇。我急忙从弹力带上解开它的挽具安全卡扣，又解开了沃尔夫和熊仔。我把两只白狗留在那里。躺在地上的男人大喊大叫，他正在和马鲁奇搏斗。他拖着他的电动自行车，试图骑车逃跑。

他打开车的指示灯，在闪动的橙色灯光中，他看见了我们。三只狗，还有我，围着他转圈。马鲁奇咬到了他的腿或者什么地方，他大叫起来，抡起胳膊打它。沃尔夫和熊仔也跟在马鲁奇后面，试图咬他一口。他最好不要伤到我的狗。

当那个人跑向他的电动自行车时，他又被自己的车撞倒了，靴子踩在地上砰砰作响。狗狗跟在他的脚后，他又踢又打，试图把它们赶走。黑夜里，一片混乱，狗狗们在咆哮，爪子在抓挠，沃尔夫和熊仔的半张脸不时地闪现，当它们帮助马鲁奇追赶那人时，白色的牙齿闪烁着橙色的光芒。

第十九章

找到埃默里

我沿着小径追赶那个男人。我吓坏了，也气疯了，为他们做的那些事感到极其愤怒。但是，最重要的是，我必须马上找到埃默里。没什么比这件事更重要。那人朝一辆停在小路上的自行车跑去，那里亮着车灯，他的同伙在那里。他们在埃默里藏身的树桩附近停了下来。

"小奇！"我说，"去找埃默里！"

我离灯光远远的，试图悄悄跑过去，不被他们发现。但是狗狗们偶尔会从灯光下穿过。

"那里有一群野狗！"我们追赶的那个人大叫起来，"还有一个小孩，拿着我的枪！"

"在哪儿？"另一个人吼道。我举起枪试图保护自己，心脏在我的胸腔里猛烈地跳动。当我还在摸索枪保险栓的时候，那人不见了。我默默地把枪放下。没有埃默里的陪伴，狗狗们也跑到别的地方去了。

又一声枪响回荡在夜空中，听起来格外刺耳。枪声离我很近，恐惧让我浑身战栗。狗狗们乱作一团。熊仔白色的脸庞在我面前一闪而过，它圆圆的眼睛因为恐慌而睁得大大的，舌头露在外面上下翻动。它正打算跑开。我的心和胃扭在一起，我围着电动自行车转来转去，一脚踢向红色的刹车灯，发现一把步枪卡在车把附近。我把它拿出来，然后砸坏白色的前灯。这次，有一个灯泡熄灭了。我把步枪夹在胳膊下面，急忙跑开了。

两个男人骂骂咧咧地跑向电动自行车。我停下脚步，静静等待着。

我觉得我找到了埃默里下车时的树桩，于是在附近摸索，寻找埃默里。没想到，一个黑色的、毛茸茸的家伙跟在我的屁股后面喘气。小奇在这里。马鲁奇没有跑远，它和我在一起。

那两个男人又咒骂起来。"小心前进，我们明天早上再回来找电动自行车。"一个人说。一辆电动自行车

启动了，小心翼翼地发出嗡嗡声。在红色刹车灯的灯光里，我看到面前有一只胳膊，还有一只手枪。我一头扑到了地上，拉着马鲁奇和我一起趴下来。一个男人跑过来，坐在了后座上。又一声枪声响起，吓了我和马鲁奇一大跳。

"我敢肯定，那个拿石头砸我的孩子已经死了。"那个男人说。

我的心脏停止了跳动，身体里所有的氧气都消失了，我想我会窒息的。埃默里，我的埃默里，我的哥哥。他不会死的，他不能死，我真不该丢下他一个人。

电动自行车跑远了，在红色灯光的掩映下，它身后扬起的灰尘仿佛形成了一个泥坑。我抽泣起来。埃默里，我不知道该怎么办。我和马鲁奇一起坐在黑暗里，我不能让它离开我，因为那样我会变成一个人。如果它像熊仔那样逃跑怎么办？

但是，埃默里。他不会死的。没有他，我真的不知道该怎么办。

"找到埃默里，小奇！"我说，"埃默里！"说着，我松开了紧抓着小奇的手指。

马鲁奇很快消失在黑暗中。我跟跟跄跄地跟在它身后。我眼前布满红色的斑点，它们摇摇晃晃，七扭八歪的。我伸出双臂，摸索着那些树桩，或者埃默里的身体。

"埃默里！"我轻声呼唤。

没有任何回应。有的只是那辆愚蠢的电动自行车发出的嗡嗡声，它在扬场上下颠簸，四处寻找出路。现在，那盏危险的车灯还亮着，是为了在橙色的灯光中看到前面的路。

马鲁奇的嘴里发出了哼哼唧唧的声音，还不停地抽抽鼻子。我掉转头朝它奔去。他在那儿。埃默里躺在地上。我搂着他，把耳朵紧紧地贴在他的心脏处。他还活着。他还有呼吸。我抱着他。"埃默里，你醒醒，告诉我该怎么做？告诉我，你哪里受伤了？"但是，埃默里一动也不动，我没有灯。我们的灯在那辆倒扣着的雪橇车后面呢。我不知道埃默里把他的"小火炬"放在哪里了。

我把他全身都摸了一遍。他头的一侧湿漉漉的。我闻了闻我的手指，是血！血是从他头上流下来的。

我哭了起来，眼泪顺着脸颊哗哗地流下来。我再也忍不住了，我不知道该怎么办，不知道该如何帮他。

"小奇，坐下！"我说。我能感觉到，它趴在埃默里的身边。我把它按下来。"待在这里，小奇，坐下！"

它轻声叫唤了一声，然后转过头，好像在舔埃默里的脸，好像这样做能让他舒服一点似的。

我需要把雪橇车弄过来。我得用打火机照照埃默里的伤口，而且我们需要离开这里。但是，我不能把埃默里一个人扔在这里，无论我多么需要马鲁奇帮我一起去取雪橇车。

我转身走回黑暗中，朝倒在小径上的闪着灯的电动自行车走去。我一边走，一边轻声呼叫沃尔夫和熊仔的名字。我想象着，如果太阳升起来，我没准能找到它们，它们也许受了枪伤，也许已经死了。但是我身边传来一阵抽动鼻子的声音，我急忙弯腰朝小径四周看去。熊仔就在那里！

"好样的，熊仔！"我跟它说，"真是我的好狗狗！"我不断地表扬它，说它很棒。有它在我身边真是太好了。有它在能帮我不少忙，尽管它并不是一只勇敢的狗狗。但是，它还是回到了我的身边。

当我们回去的时候，奥伊斯特和乌贼发出欢迎我们回来的哼哼声。我拍了拍它们，告诉它们，它们也很棒。

那辆歪倒在地上的自行车橘红色的灯光依然在闪烁，我趁着这点亮光把雪橇车从树上解下来，把它摆正，又把所有的行李塞进去。我把步枪也塞了进去，放在车把之间的一个小袋子里。我在背包的口袋中找到了打火机，我点着它，对着地上照了一圈，确保我带上了所有东西。然后，我又用它找到卡扣，把熊仔拴在弹力带上。我指挥它们把雪橇车拉到电动自行车那里。在黑暗中，橘色的灯光像警示灯一样闪烁着。我捡起那只死袋鼠，重新绑回车上。接着，我在周围摸到了自行车的钥匙。我关掉车灯，拔掉钥匙，又把钥匙扔进了灌木丛。

现在，周围一片漆黑。我面前光秃秃的围场比我们拐进小径里时更暗了一些。我的眼前没有出现飘浮的红色圆点，我一边走，一边指挥熊仔沿着小路拉车。

"小奇在哪里？"我问它。熊仔的鼻子很灵，它一定能找到小奇。

我被路边的一根树枝绊倒了。这是一根灌木的枝条，闻起来像是刚刚折断的，说不定是那个男人在躲避我们的追赶时弄断的。我把这根树枝捡起来，拖着它一起走。我在想，我应该把埃默里从那地方挪走，而且我不想留下任何痕迹，不能像我们之前在山上那样，留下可以追踪的痕迹。现在，我是多么想念有草地的时光，不过是出于一个全新的原因。草地会帮我们隐藏轨迹。

熊仔把我带回小奇和埃默里身边。我点燃打火机，把埃默里从头到脚检查了一番。他的头上有血迹，胳膊弯着，好像骨折了。现在，他正躺在那里呻吟，没有说话。我从腋下搂住他，连拖带拽地把他弄到雪橇车的网兜上。我把他的身子翻过去，让他侧躺着，这样他的脑袋就能枕在睡袋上。等确认他的腿都放置好了，我又将他那只弯曲的胳膊放在最上面。

我把树枝放到脚踏板下，拖起末端挂在网兜的边缘，然后用弹力绳把它绑在车身上。然后，我把弹力绳拉到埃默里身上，这样他就被固定在这个位置。这样一来，他的胳膊就不会从身上掉下来。他的刀还扔在地上。我过去捡起刀，放进装手枪的袋子里。

"沃尔夫！"我叫道，"小夫——！"没有回应。我熄灭了打火机，沿着周围快速走了一圈。我想，如果找到一堆属于沃尔夫的棕色毛皮，我一定会哭的。如果真是这样的话，一定会让我崩溃的，我一定受不了。

"沃尔夫！"夜色中，我呼唤了很久很久，大声地呼唤它。马鲁奇回应了一声，也许是在呼唤沃尔夫，也许是在向我求救，呼唤我回到埃默里身边，我不知道。

第二十章

全是悲伤的事

我朝马鲁奇跑过去，把手伸进它厚厚的皮毛中，为它卡上卡扣，拴在车把前面。我用脑袋轻轻地抵住它的前额，告诉它："我们必须走了，小奇，明天那些人还会回来找我们，我们必须跑得远远的。"

埃默里之前给我看过路线，我知道我们还要沿着这条路继续走一阵，我竭尽全力在夜里多赶路，至少能离那里更近一些。我拉回狗狗们，这样，雪橇车就摆正了方向。

狗狗们嗥叫着，做好了出发的准备。

"沃尔夫！"我再次呼喊它。我不想就这样离开，把它单独留在这里。但是，我得照看埃默里，还要保证其他狗狗的安全。我真希望沃尔夫没有受伤，只是躲在某个地方。真希望它不是躺在地上，眼睁睁地看我们离开。一想到这些，我真想大声哭出来。

我松开刹车，对狗狗喊道："出发！快跑，快跑！"狗狗们飞一般驶入夜色中。真希望我的视力能比它们好一些。

它们的速度并不快，一路小跑着。我们一直沿着黑暗的、崎岖不平的灌木丛前行，另一侧是微微发亮的天空。我十分确定，按照地图显示，我们应该沿着这里走一阵。

埃默里醒了，他呻吟着，抱怨了几句，很快又变得很安静。我知道，这对他来说不太好受，一直在颠簸。但是如果明天那两个男人找到我们，一切会变得更糟糕。

过了一会儿，他又醒了。他哭着，呻吟着，恳求我停下来。

"对不起！"我说，"我们必须赶路。趁现在天还黑着，我们必须一直往前走。"我跟埃默里一起哭了起来。看到他这样，我的心都碎了。这不公平。他又沉默了。

我弯下腰，手放在他的胸口，确认他还有呼吸。为什么那些人那么坏？为什么他们就不能放我们离开？

又过了一会儿，我让狗狗们停下来，喂它们喝了一些水。趁它们坐下来休息的时候，我割下一些袋鼠肉喂给它们。不过，我没有解开卡扣，它们仍拴在雪橇车上。

我检查了一下埃默里，他又睡着了。现在雪橇车很平稳，这样最好不过。

我们又出发了。很快，笔直的灌木丛远远地落在我们身后，我们朝着路面更坚硬的土地出发。我很高兴，这意味着车轮不会留下那么深的车辙了。现在，天空中只剩下星星指引着我。我试图让一群特别明亮的星星始终保持在我们前进方向的一侧。我很担心它们会移动，让我们绕个圈重新回到原地。我真不知道当行星转动时，恒星会做什么。我肯定星星在夜空中是会转移方位的，但是它们会移动到哪里？大约过了几个小时，云朵飘了过来，星星就再也看不见了。

马鲁奇跑进一个拴着电线的栅栏，所有的狗狗都跟着跳了起来。在雪橇车砸到狗狗身上之前，我急忙拉紧刹车，拿出打火机，仔细检查周围的情况。电线断掉了，缠得到处都是，我不得不解开马鲁奇，让它出去。然后，我掉转车头，让马鲁奇沿着栅栏跑，直到我们找到出口。我的腿累极了，好像全程都是我自己在奔跑似的。我们的越野之旅再次启程了。那里有一些树，不过这片土地看起来依然是那么平坦，所以我们一直在黑夜里保持前进。

狗狗们累得不停地喘气，脑袋耷拉着。没有大块头沃尔夫拉车，雪橇车变得更重了。但是，狗狗们依然坚持小步快跑，它们拼尽全力，做到了最好。

云彩飘过来，遮住了星星，泥土潮湿的气息钻进了我的鼻子。紧接着，下起了雨。我真担心雨水会冲刷掉我们留在地上的气味。如果沃尔夫还活着，它永远不会找到我们。但是，雨水也会冲走我们的车辙，这正是我们现在急需的。

"吁——"我喊道，接着跳下车，和狗狗们肩并肩走在一起，我打算和它们一起走一阵。它们跑了很久没有休息，几乎整个夜晚都在奔跑。通常，我们不会让狗狗们一直奔跑，大约两个小时就会让它们休息一会儿。

但是现在，我们不能停下来，除非能找到一个安全的地方。

冰冷的雨水打在身上，我不停地打寒战。即使狗狗身上有厚厚的皮毛，它们也能感受到这种寒意。埃默里又开始痛苦地呻吟。

"埃拉！"他哭着叫道。

我让马鲁奇停下来休息一会儿，让狗狗们都乖乖坐下来。我没有多余的水喂它们了。

"你还好吗，埃默里？"我问他。

"不好。"他呻吟着。

"我们必须继续前进。也许，还要再走一个小时。"我说。天空已经有一丝光亮了。也许不久，我就能找到一个地方，支起帐篷，让大家都休息一会儿。

埃默里像我一样打着寒战。我从背包里拽出连帽衫裹在他身上。

然后我又来到狗狗身边，让它们回到自己的位置，继续向前走。我低下头，一步一步向前走，任由雨水砸在我的头顶。

如果我流眼泪或者淌鼻涕，浑身都弄湿了也没关系。我不知道我在做什么，只是无声地抽泣。我的嗓子很痛，但是我一步接一步地走，没有停下。我一只手伸进马鲁奇温暖的脖颈里，触摸着它厚厚的毛皮。

所有的狗狗都疲惫不堪，我们所遭遇的全是令人心痛的悲伤的事。我和马鲁奇一直在努力，为埃默里寻找一个安全的落脚之地。

第二十一章

欧洲蕨的庇护

太阳出现在我们的视野里，天空被清晨的光线填满，我冲着前方一条暗色的裂缝前进。那里一定是小溪。

有两个农舍坐落在我们身侧，但是它们都只是安安静静地待在那里。没有一点灯光，没有狗的叫声。也许它们已经被人遗弃了。最初，所有牧草都枯死了，大量的农民进入城市，领取政府分发的食物。

而现在，政府依然承诺给人们分发食物，哪怕实际上他们已经停止这么做了。爸爸说，这些都是谎言，他们这么做是为了不让人们恐慌。我很想知道，现在那些农民有没有从城市回来。也许，从城市里逃出来的人到处寻找空房子住，他们找到这些房子，然后躲在里面。

地面上那条暗色的裂缝原来是一个幽深的峡谷。一条很不起眼的小路通向峡谷里面。我重新跳上雪橇车，告诉马鲁奇带我们到那下面去。我手握着车把，拉着刹车，确保雪橇车沿着小路走。道路蜿蜒曲折，一路上都是多刺的灌木丛和低垂的树木。

似乎，我们这样一路前进是非常隐蔽的。我们浑身上下都湿透了，即使溅到溪水也没关系。

"向右转！"我喊道。马鲁奇随之转弯，我们的雪橇车沿着浅滩边缘上下颠簸。可怜的奥伊斯特和乌贼，它们不得不使劲拖拽着雪橇车，才能保证车轮顺利通过溪流边的石滩和泥淖。我跳下车，在雪橇车旁步行前进。因为埃默里躺在车里，车已经很重了。终于，我找到了一处足够平坦且隐蔽的地方搭帐篷。我把雪橇车停在那里，让狗狗们也停下来，然后我把它们从挽具里解开。我做的第一件事就是把袋鼠肉分割成小块。第一块喂给小奇吃，就像埃默里做的那样。

然后，我从埃默里身体下面轻轻地拿出来帐篷。埃默里躺在那儿，倒吸了一口气。他的眼睛紧紧地闭着，好像再也不想看这个世界一眼。

当第一缕阳光滑过小峡谷的顶端时，我搭好了帐篷。我把帐篷钉子推进柔软的沙地里，拿出两个睡袋，在上面铺开。因为之前已经打包好帐篷，所以它们只被淋湿了一点点。但是，埃默里的胳膊弯成那样，只靠我自己真的很难把他搬下来。我在小溪周围转了一圈，找到一块弯曲的大树皮。

当我抬起他的胳膊，让他顺着滑下来时，埃默里疼得尖叫起来。我又开始哭了，因为我不知道该怎么办才好。埃默里没有告诉我该怎么做，因为他实在是太疼了，而我也不知道怎么为他止疼。我拿出两件 T 恤，对折了几次，在他手臂肿胀的两侧分别放了一件。然后，我拿起车上固定他的弹力绳，在衣服外面绑了一圈又一圈，把他的胳膊包了起来。他手臂上方和下方鼓起了两个丑陋的肿块。

"埃默里，"我说，"起来，我们到帐篷里去。在那儿你能好好地躺着，睡个好觉。"

我把他的胳膊放在树皮"盾牌"里，用一只手拉着他的另一只胳膊，直到他跪着从雪橇车里出来。

"加油!"我鼓励他,"到干燥的地方来。"

他拖着打着绷带的胳膊,把手举在胸前。然后,我扶着他站起来,走到帐篷里。

我找到装水的瓶子,去小溪里装了一些水,喂给他喝。然后,我又冲进雨里,从小溪里拖了一些树枝过来,还割了一些欧洲蕨的茎秆,试图用它们把帐篷和雪橇车隐藏起来。我卸下剩余的装备——包括两把枪,将它们转移到帐篷里。我和四条疲惫又浑身湿透的狗狗爬进帐篷的另一边,拉上了拉链。我全身都湿透了,我们浑身上下都臭烘烘的。不过,等太阳升起的时候,我们至少都会暖和起来。然后,我们都睡着了。我身边放着那把手枪。我实在无法继续保持清醒,守护大家了。我只能依靠马鲁奇敏锐的听觉。

过了一会儿,我醒了。我的大腿很痛,胳膊也很痛。但是我觉得这些疼痛都不足以和埃默里的相比。他一侧的头皮上全是血,受伤的地方已经结痂,头发少了一撮,他胳膊上的肿块变成了青色。

我给每只狗扔了一个煮熟的土豆,我自己也吃了一个,还吃了一些西梅,感觉好多了。

埃默里一醒来，立刻对我说："埃拉，我们得赶快离开！"

"我们已经离开了，"我说，"我们现在很安全。"不过，我不知道这能持续多久。不知道那些人是否还在追我们。

"狗狗们！他们朝狗狗们开了枪！"他说。

"它们在这里呢，很安全。"我说。我猜他辨认不出来，挤在一个小帐篷里的到底是四只大狗还是五只大狗。这里到处挤满了毛茸茸、乱糟糟的身体。

"但是他们会找到我们的！"埃默里说。他呻吟着，摸摸自己的脑袋。接着，他又抓住自己的另一只胳膊，好像不知道哪里受的伤更严重。

"现在是中午，我们正躲在峡谷里，在一堆欧洲蕨的遮蔽下。而且，我有一把手枪。"我回答他。他看着我，好像我疯了似的，随即又睡了过去。

我很想帮他冲洗、包扎一下头皮上那道深深的伤口。我猜，昨天晚上他流了很多血。直到现在，他的头发和压在身下的帐篷上到处都是血。但是，我不想再叫醒他了。

第二十二章
像野狗一样入睡

　　我不知道现在离开这里有没有意义。埃默里的伤还没有好，我们肯定走不快。或许雨水会冲刷掉我们的车辙，但是如果后半夜不再下雨，我们必须在某个地方停下来，那样很容易被别人发现。我们都非常疲惫，我暗自祈祷，希望这里是一个绝好的藏身之处。

　　雨停了，我带狗狗们去小溪边喝水。然后，把它们拴在帐篷旁边的大树上，这样它们就不会乱跑了。当它们安静地坐在太阳下时，我分割了最后一只负鼠。它们已经迫不及待地想吃一块了。当它们独自待着的时候，我不指望奥伊斯特和乌贼能忍住不吃掉它。我切了一半负鼠喂给狗狗们，另一半切成五块，放在树上。负鼠已经开始发臭了，但是我打算明天早上喂给它们当早餐。它们不会介意臭烘烘的食物的。

狗狗们进食的时候，我去周围转了一圈，重新回到小路上，去看看是否有人在平原上走动，去看看有没有沃尔夫的踪迹。一切看起来都是静悄悄的，但是紧接着就出现了一些骑电动自行车的人，不过那并不意味着什么。我们昨天晚上没有留下任何痕迹，所以一切都很好。

我重新回到帐篷。阳光下，我摘了一些小路周围长着的蓝莓。我注意到，低矮的树丛下有更多的蓝莓，高处却几乎没有。难道周围的鸟类或者是人，也许是袋鼠，只吃了高处的蓝莓，却遗忘了下面的？

回来的路上，我找到了更多的欧洲蕨。现在，帐篷和雪橇车上堆起了高高的、像小山似的欧洲蕨枝条。我不希望任何人从任何角度发现我们，产生下来看看的想法。

埃默里动了动，坐了起来。"我要小便！"他说着，将一只没有受伤的手伸到了帐篷外面。我拉着他站起来，扶着他走了几步，但是他推开了我。"我自己可以。"他嘟囔着，跟跟跄跄地走向灌木丛。

狗狗们都站起来，高兴地喘着气。看到埃默里能够自己重新站起来走路，它们个个欢蹦乱跳。我心里却战战兢兢的。埃默里回来了，抱着那只受伤的胳膊，一一查看狗狗们。他一直盯着狗狗们看。他在找沃尔夫。他把眼睛眯起来，像是阳光太刺眼了，像是不敢相信他所看到的。

我哽咽了，我的心沉到谷底。我一直在为沃尔夫担心，把它独自留在那里已经够糟糕的了。但是，现在我不得不向埃默里解释这一切。

"沃尔夫中枪了吗？"埃默里问道。

"我不知道，天太黑了。"我的声音是那么无力，好像在为自己找借口。我确实是，我不知道该怎么做，我不知道怎么做是对的。是我做错了么？"当枪响的时候，我看到它和熊仔一起跑走了，但是只有熊仔回来了。"

"你找过它没有？"埃默里又问，好像他忘记了那时候还是深夜，他中枪了，而我又惊恐万分。

"我找了，但是那时候天太黑了。我呼唤它的名字。它一定能听到我们离开的动静，它应该能知道我们要去哪里。但是，我实在没想明白，它为什么没有跟上我们。"说着，我抹掉脸上的泪珠。

埃默里深深吸了一口，闭上了眼睛。"没事的，你做得很好。但是，他们可能会追过来，找到我们。我们得跑得更远一些。"

我笑着回答他："我们已经跑得够远了，我们没有在那条小路上的灌木丛里。我们穿过了平原，到了峡谷里。"

"你带我们走了这么远？"埃默里说着，朝四周看了又看，好像自己身处什么新地方似的。

我点点头。"你看！"我探身走进帐篷，掀开睡袋，露出了步枪和手枪。

"什么？"他惊讶极了，嘴巴张得大大的，"这样，他们就更要来追我们了。枪就是黄金啊！"

"他们知道，"我说，"他们离开就是因为他们知道，怕我会朝他们开枪。"

埃默里"啊"了一声，紧接着就闭起眼睛，痛苦地呻吟起来。"我真希望我能看见那一幕。我必须去找沃尔夫，但是我的脑袋疼得厉害，还有我的胳膊。"

"这里很安静，我想我们可以一直待在这里，直到你感觉好一些。我之前出去看过沃尔夫有没有跟来，"我说，"我待会儿再去看看。"

我扶着埃默里走进帐篷，然后递给他一个水瓶、一些土豆和水果。他揉揉自己的前额，又揉了揉眼睛，挑了一些吃的。我打开地图，想知道我们在什么地方。埃默里斜着眼睛看过来，我指了指两栋房子下面的一条峡谷给他看。我们依然走在远离城镇的路线上。

埃默里挤出一个微笑。"太棒了，埃拉，你做得太棒了！"他说着，又重新躺了下去。

我感觉好一些了，除了没有找到沃尔夫。

他戳了戳自己的头皮，又检查了一下自己的手指。"我看起来怎么样？"

"看上去好像有人拿刀，把你的头发剃掉了一条。"我回答。我拽出包里最后一条干净的 T 恤。这是一件长袖 T 恤，所以可以折叠起来，绑住埃默里的头，很好地遮住那块伤口。

太阳落山了，我把狗狗们牵进来睡觉。

晚上，我梦见我们重新回到城市里，报警器响了起来，所有人都从一栋大楼里往外冲，一时间地动山摇。

"埃拉！"埃默里摇晃着我。

熊仔和马鲁奇正在发出嗥叫。它们的叫声很大。

"嘘——"我拉住它们的脖圈，说道。

我们都在侧耳倾听。在黑暗的某个地方，传来了另一只狗的嗥叫。

小奇正顶着帐篷的拉链。

"是沃尔夫！"埃默里说。

我打开拉链。

"你要干什么？"埃默里问我。

"我去把它接回来。"我回答他。

"不要！那些人说不定已经捉住了他。这很有可能是个陷阱。"

我在周围摸索了一番，把手枪抓在手里。"我去接它回来。"我说，因为家人就是家人，即使它是一只年纪很大的大狗。

我让马鲁奇出去，告诉熊仔和其他狗狗："乖乖待在这里。"然后，我把帐篷的拉链拉了起来。

"等等！"埃默里说。但是，我等不及了。

等我转了一圈后，小奇已经不见了。一只黑色的狗狗潜入漆黑的夜色中。我一个人凭借记忆走到那条小路上。我被小溪里的石头绊得跟跟跄跄，试图保持平衡。又一阵狗狗的嗥叫从远处传来。熊仔的回应在我身后响起。这让奥伊斯特和乌贼也兴奋起来，埃默里"嘘"了一声，让它们保持安静。

沿着小路没走多远，我就听见前面响起一阵激动的犬吠。小奇激动地跑过去，找到了它的老朋友沃尔夫。希望在我迷路之前，马鲁奇能快速地带它回来。

当我终于成功到达平原上时，光秃秃的土地比小路上要亮一些。天空中挂着半个月亮，还有整片星空，正散发出点点微光。我沿着沟渠周围的灌木丛边缘前进。我不想让任何人看到我，如果他们在这里的话。没有马鲁奇的身影，没有灯光，没有噪声。突然，在遥远的黑暗中，传来一阵短促的犬吠。接着，又响起了一声回应，好像两只狗狗相遇了。我静静地聆听着，多给它们一点时间。两只狗发出欢快友好的嗅鼻子的声音，还有短小的嗥叫，这两只傻乎乎的雪橇犬制造出不少噪声。当它们心情愉快的时候，就会变得傻傻的。它们看起来都挺好的。

"小奇！"我轻轻呼唤它。接着，我又大声叫了一声。然后，静静地等待着。

气喘吁吁的噪声首先传到我的耳边，然后是带着泥巴的爪子摩擦着地面，接着一个黑色的脏兮兮的家伙从黑夜里跳出来，跑到我的腿边。另一个脸庞灰白，双腿灰白的家伙，围着我转圈圈。

"沃尔夫！"我喊道，"过来，来这儿，我的小夫！"但是它没有过来。它一直围着我转圈圈，仿佛它不再信任我了。我弯下腰，伸出手，它嗅了嗅，可就在我快要摸到它的时候，它却扭头走开了。可怜的沃尔夫，它吓坏了。

"来，小奇，"我低声说，"我们回去找埃默里。"也许，沃尔夫会让埃默里帮它检查一下。

但是沃尔夫没有这样做。他斜着看向帐篷里面，向帐篷一侧的熊仔叫了一声。当我到那儿时，它又走开了。

"那是沃尔夫吗？"埃默里说着，拉开了帐篷。

"是它，但是它的行为不太正常，看起来我们好像深深地伤害了它，或者别的什么。"我说。我让小奇回到帐篷里，和埃默待在一起。他让所有的狗狗都安静地坐着。

"沃尔夫！来啊，沃尔夫！"埃默里叫唤它。但是沃尔夫只是远远地待在一边。我钻进帐篷，拿了几个煮熟的冷土豆，还取了两块臭负鼠肉，那是我打算留到明天再给狗狗们吃的。我想，接下来我得把剩下的肉切成更小的小块。我把这些拿给沃尔夫，但是它根本不想吃我喂给它的食物。于是，我把食物放在地上，回到帐篷里。

"可怜的沃尔夫！"我说。

"也许它晚些就会回来的。"埃默里说着，又揉揉了他的头，"至少它还活着，没有走丢。"

埃默里又睡着了，我在黑夜里躺着，睡意全无，听着帐篷外沃尔夫动来动去的声音。也许它打算给自己挖一个睡觉的洞，就像野狗那样。

第二十三章

可怜的沃尔夫

第二天清晨，天空刚刚有一丝光亮，我就起来了，因为我几乎整夜没睡。我想知道沃尔夫到底怎么了。我轻手轻脚地打开帐篷，让所有狗狗都坐好，但是这一点用也没有，它们都很想出去。所以，我不得不把头伸出去，四处张望，确保外面一个人也没有，然后才把帐篷全打开，让狗狗们出去。

沃尔夫从旁边的一棵树后一跃而出，和它们打招呼。我一眼就看到，它的耳朵被子弹击中了，只剩下半边血淋淋的耳朵。紧接着，我发现有个白色的圆片在沃尔夫棕色的皮毛下闪啊闪。这东西夹在它的挽具上。我飞奔过去，一把抓住它的挽具，扯住那个东西，使劲儿往下拽。在它把我拖走之前，我放走了它。

那上面印着一个无线网络的符号。是追踪器！

"醒醒！我们必须马上出发！"我朝埃默里喊道。

埃默里跪在地上，胳膊举在胸前，左右张望，想弄清楚到底发生了什么。

我举起追踪器。"他们捉住了沃尔夫，在它身上安装了追踪器。我先跑出去一段路，这样能多给我们留一些时间。你和狗狗们待在这里，等我回来。"

"埃拉！不！他们会追上你的！"埃默里说。

"我必须这么做，万一等他们睡醒了，会直接追到这里的！"我急忙跑了出去。埃默里在我身后，叫狗狗们回来。我惊慌失措地朝小溪对岸奔去，一头跑进了灌木丛里。当我爬上小峡谷的另一边时，树枝和欧洲蕨划破了我的胳膊。我跟跟跄跄地撞进了一丛黑莓树丛。我停下来，小心翼翼地让自己从黑莓树丛中钻出来，尽量不让T恤被刮破。然后，我一直跑到峡谷的顶端。我想，如果他们跟着追踪器穿过峡谷，这么做会让他们追踪的速度慢下来。一座农舍就在前方，我朝那里跑去。那里一点声音也没有，也没有亮灯。我猜那座房子是空的。如果我把跟踪器扔到房子里面，也许他们会认为沃尔夫跑到房子里躲起来了。他们不会到下面去确认的。

我弯着腰，朝房子跑去。天还没有亮，路上和房子里面都没有人，也不会有穿越平原的人看到我。因此，我想我是很安全的。

房子外围的栅栏上连着电线，我翻过去，把手伸到房子底部的木板之间，尽可能把跟踪器扔到最中间的位置。

当我返回栅栏时，我朝一个棚子里看了看。门是开着的，墙上挂着工具和管道胶带之类的东西。那卷银色的管道胶带非常大，看起来，它对埃默里的胳膊会有帮助。我停下脚步，踩着一个破旧的便携冷藏箱，把胶带从钉子上取下来。旁边还有一个泡沫盒，我也顺道拿走了它。

我从栅栏里挤出来时，一扇门打开了，一个男人冲我吼道："喂！"

我飞快地冲向峡谷的一排树。在到达那里并躲起来之前，我没有回头看一眼。

没有人跟踪我。那人只是想把我吓唬走。

我跑一小会儿，就藏起来，确认周围没人跟踪我，再继续跑。

当我回到埃默里身边时，他已经让狗狗们坐在了自己的挽具旁。沃尔夫已经戴着它的挽具了，而且挽具已经绑在弹力带上。他把帐篷也拆了，自己躺在一堆乱七八糟的东西上，睡袋放在最上面。

他问我："你跑到哪里去了？"他的脸色看起来很不好，胳膊一直放在胸前，仿佛因为刚刚的敲敲打打，让他痛极了。

"我给我们争取了一些时间。"我说着，举起手中的泡沫盒和胶带。"我还找到了这些，能给你的胳膊做个模具。"

我先把负鼠肉从树上拽下来，又把两大块肉从中切开。和之前不同的是，我把那块没有切分的大肉块喂给沃尔夫，因为它之前吃的并不多。当狗狗们忙着大嚼特嚼嘴里又老又瘦的负鼠肉时，我把刀在裤子上擦了擦。然后，开始测量泡沫塑料盒。我把泡沫塑料盒比对着埃默里没受伤的手臂，切掉其中一半。这样，盒子就变成他另一只手臂的摇篮，正好放下肘部到手指的这一部分。

"现在，把你的手臂放在这里，这儿恰好是一个角落，又平，又有支撑。我再用另一半做盖子。如果我们把这两块塑料泡沫粘在一起，你就可以随意走动了，而且不会让你的胳膊上下颠簸。"

我解开弹力带，试着让他的胳膊伸直，同时放下树皮，把 T 恤缠在他的手臂上。这样，他的手臂在泡沫盒子里会更加舒适、柔软。

埃默里倒抽一口气，泪水充满了眼眶。当我轻轻地把他的胳膊放进泡沫盒里时，他用另一只手托着这只手，好像抓着一个奋拉下垂的东西。接着，我让他托稳泡沫盒。我小心谨慎地处理着他骨折的胳膊，心里还焦急地想着出发的事。万一那些家伙知道沃尔夫在哪里过夜，在去那所房子之前，又来这里检查一下，就糟糕了。

我在泡沫盒子顶上缠上几道胶带，还给肿块周围也缠上几圈。然后，我又拿起胶带，把他整个胳膊都缠起来，包括手、胳膊、T恤、塑料泡沫盒，缠得又漂亮又结实。再把胶带从手肘下面缠上来，牢牢地固定在大臂周围。然后我又把胶带拉回手部，固定好。我想，现在他骨折的任何一部分都不能移动了。

埃默里小心地举起他的胳膊，深深地吸了一口气，点了点头。然后他眯起眼睛，仿佛点头弄伤了他的脑袋。

我跑到帐篷那儿，卷起睡袋和帐篷，把东西装进背包，再把所有的行李塞进雪橇车里。然后，我又将狗狗们套进各自的挽具，检查它们的脚掌，卡紧卡扣，调整好位置。埃默里"嘘"了一声，让迫不及待出发的狗狗们安静下来。趁这个时候，我跑去溪边装满水罐。狗狗们都很兴奋，着急出发，就连沃尔夫也一样。显然，回到朋友们身边，让它高兴了许多。我靠近它，想检查一下它受伤的耳朵。那只耳朵几乎没剩下什么了。耳朵的边缘红通通的，流着血，好像有人刚刚把耳朵的三角形尖端割下来一样。它的另一只耳朵外面是深色的皮毛，里面是灰白色的绒毛，边缘有一圈深色的毛，这让它的三角形耳朵格外突出。但是，那只受伤的耳朵只剩下底部了，还有一堆血淋淋的灰白皮毛从它粉红色的内耳丛周围涌出。我没有办法修复它，我也不知道如果把耳朵包起来是不是能有帮助。可怜的沃尔夫。

第二十四章

死寂的旷野

我必须自己扶着车把，因为埃默里不能再驾驶雪橇车了。所以，他坐在脚踏板上，双脚放在网兜里。他的一只胳膊伸出来，防止雪橇车像颠簸他的身体那样，颠簸他受伤的胳膊。

他用脚从网兜里取出地图。当太阳升起来时，他眯着眼睛望向周围，想弄清楚我们走到了什么地方。

他咕哝了一句，递给我地图，好像这是一件多么困难的事情似的。我猜，如果是我的话，得用更长一段时间才能弄清楚状况。

我不太擅长在刺棘和野草中转弯，所以有时候埃默里会喊出声或者吐出嘴里的野草，但是，他不会直接告诉我应该怎么做，这样很好。但是我想，这主要是因为他真的很痛苦。他的胳膊和头都受伤了，而且只有一只好胳膊去扶，根本顾不过来。

在我们身后不知道什么地方，传来一阵枪响。我低头看了看埃默里，他正好也抬头看向我。他皱着眉头，朝我们身后看了又看。

我想，也许是房子里的人正拿着枪与骑电动自行车的人对峙，因为那些人要进入他家搜查一只并不在那里的狗。也许很快他们就会发现，那里根本没有什么狗，也没有偷枪的小孩藏在里面。

"我们把枪扔了怎么样？"我问道，"如果他们拿回了枪，会不会就不追我们了？"

"也许吧，"埃默里咕哝了一声，继续说，"但是如果他们不这样做，我们又没有枪把他们吓走，该怎么办？或者，如果他们没有找到枪，我们又该怎么办？"

我不停地左顾右盼。没有灯光，没有移动的车。绑在车后的树枝仍拖在后面，不停地扬起灰尘，但是很快就在空中散开了。现在，天还没有亮。所以，比起我们在山坡上被那些电动自行车的灯光发现时，一切都还没有那么糟糕。我们留下的痕迹看起来很奇怪，但是因为现在的路面更加坚硬，所以没有留下三个轮子的车辙和一堆狗狗的脚印。

这条漫长的土路尽头坐落着一座房子，我指给埃默里看。

"那里有没有灯光或任何移动的身影？"他问我。

"什么都没有。"我回答。

他耸了耸肩，说："我们还有很长的路要走，应该赶紧趁着夜色溜过去。"

我让狗狗们继续赶路。我们经过了那栋房子。它离我们只有一个街道那么远，我们和房子之间什么也没有，近得甚至能看到房子的所有窗户都用木板钉了起来。然后，我们沿着两座山之间的低地蜿蜒前行，直到跨过一条小溪，来到另一边，那座房子依然没有任何动静。

我深深地吸了一口气，不再盯着那栋房子看。

又是一片宽阔的原野，死一般沉寂。远处坐落着一些房子，还有一些农场的棚屋。这里实在是太干燥了，也许人们都搬到好点的地方——能长出蔬菜的地方——

去居住了。

　　干燥的平原仿佛没有尽头，只有零星几个老旧的栅栏桩把这里分割成几部分。

　　"我们应该考虑找个地方休息了。"当太阳照到头顶的时候，埃默里咕哝着说。

　　我看到他不停地变换姿势，以确保他的胳膊不会随着身体一起碰来碰去。大约过了两个小时，他放弃了。他又把胳膊放回胸前，脸痛苦地皱起来。他一个字也没说。他很坚强，因为我们俩都知道，我们必须离开这里。

第二十五章
了解所有

　　我找到了一个空空的小谷仓，这里是个不错的藏身之处。从前，还能生长牧草的时候，这里很可能是一个旧的干草棚。现在，它变成了一个两边都开口的高棚子。一点干草也没有剩下，也许每一根干草都被饥饿的袋鼠吃掉了。

　　我把狗狗们从卡扣里解开，它们立刻从绳子里跑了出去，气喘吁吁地钻进灰尘四起的阴凉处。我拿来水和最后几个冷的熟土豆，又给每只狗分了一个压坏的苹果。对狗狗们来说，这不是最好的食物，但是它们要赶路，必须吃点东西。这些食物至少能填饱它们的肚子。

爸爸说过，没有什么比养一群饥饿的狗更可悲的事。他说，狗狗已经和人类一起居住了一万六千年了。我们已经彼此依赖，如果人类让狗狗失望，那是一件很可悲的事。

沃尔夫跑过来，低着头围着我的脚踝转悠，它想要它那份食物，但依旧是一副怯生生的模样。我很失落，轻轻地揉着它的下巴。

"你真笨，沃尔夫。我和埃默里永远不会伤害你，伙计。"

埃默里和我吃了一些西梅。在这里生火煮土豆并不安全。但是，太阳下有一片锡纸，我去拿它的时候，不小心烫伤了手指。我从没听说过有人在太阳底下烤土豆片，但是我切了一些生土豆片，把它们一一摆放在锡纸上，至少可以试试。狗狗们纷纷跑过来，用鼻子闻这些土豆片，我赶走了它们。它们太累了，懒得和我争，眼睛看看我，又看看土豆片，好像下一秒我会告诉它们这些可以吃似的。

"不会成功的。"埃默里说。

"至少比生的口味好。"我说。

埃默里躺在睡袋上，试图眯上眼睛睡一会儿。他动来动去，好像没有找到舒服的姿势。然后，他坐起来，打开地图。他斜着眼睛，努力看向地图，好像眼睛受伤了似的。

"我猜，我们还有四五天的路要赶。"他说，"但是，我们已经走了一周，我原本设想三天就能走完这段路的。"

我耸耸肩，回答道："我们走的路可比地图上看起来难多了。"

"如果我们早上走三小时，晚上走两小时，一天走五个小时的话……每小时大约走十五公里……那么一天就能走七十五公里。我们还有两百公里的路要走。所以，过了今晚，我们还要再走三天！"埃默里叹了一口气，把自己埋进睡袋中，好像做一道计算题就要了他的命。

我在他身边躺下。"没关系，即使再花一周也行，只要我们能走到那里。"我说。

"但是，那可是两百公里！我们只剩下一些生土豆，而且狗狗们也没有肉吃了。沃尔夫受伤了，我的胳膊快疼死了，我的头快裂开了，我不能思考了。而且，我们很有可能被跟踪了。"他说着，一滴泪珠从眼里滑出，沿着他的脸颊滚落，顺着耳朵流了下来。"我本以为我可以做到的，埃拉，这真是个愚蠢的想法。我真应该等一等爸爸。"

看到他这样，我的心都要碎了。我的哥哥拼尽全力去救我们，现在他觉得自己走不下去了。于是，我戳了戳他的肋骨，好让他保持清醒。我说："好吧，那就放弃吧，我们回家！"

埃默里对我皱着眉头，好像我是个傻子。然后，他吸了吸鼻涕，说："掉头回去，比到我妈妈那里还远。"

"那么，不如我们就住在这个干草棚子里算了。"我从角落里向他挥手，"这里可以做卧室，紧挨着这里就是客厅，那里可以做厨房。"

"你真傻。"他说。

我笑了。"我们必须继续前进。你给我们弄来了雪橇车，你带着我们逃出了城市。我们能做到的，埃默里，我们一定能的！"

"我本以为我们应该比现在走得更远。这片土地感

159

觉不对，我不属于这里。"

"没人属于这里，这里光秃秃的。"

"不，不是那种属于。当你快到家的时候，你就会有那种感觉，懂吗？"

从学校回到家，那是很久很久以前的事情了。我坐在爸爸的电动自行车后座上，双腿晃来晃去。爸爸左摇右摆，用双腿卖力地蹬着脚踏板，好让车子走完到家前的最后一段路。然后，我们把手伸向空中，滑行过整个街道。爸爸总会开怀大笑，好像空气都变得更加清新了，好像把整个繁忙的城市都留在了身后，尽管那时我们已经深陷其中。我所知道的关于家的一切就是家里到处都是人，忙着做好吃的，还有发明，以及我们的三条大狗。它们看见我们总是非常激动。

但是，埃默里有两个家。

"就像当你来到属于你的地方，你会感觉一切都是对的。"他这么说。

"就像你外公外婆家那样？"

埃默里点点头。

"那么他们为什么把你送到城市？送到爸爸身边？"

我问道。

"妈妈说，生活在小镇上，我的思维会陷入一个狭小的盒子，永远都无法打破。我告诉过她，我想回来，帮她经营蘑菇农场。可是无论怎样，她说他们还不需要我，她和外婆忙得过来，也能照顾好外公，直到我毕业。"

"你搬来的时候，我特别高兴。"我说，即便我已经想不起来埃默里搬来以前的生活。我想那时候我六岁，埃默里十岁。我立刻就喜欢上了他。在那之前，他在学校放假期间来过几次，爸爸甚至带着我去他外公外婆的农场看了看，但是我记不清太多细节了。我只记得令人高兴的是，我有一个哥哥要我和一起住了。同时令人难过的是，每年有一半的假期他都要和他的妈妈、外公外婆一起度过，我又会感到孤单了。

埃默里挤出一个微笑。"我很高兴能做你的哥哥。不过，我一直很想回家，你知道吗？所以，我想把你带出来，这也是其中一部分原因。我一直努力想把两个世界里最好的部分连接起来。当妈妈说我得跟爸爸一起住时，我想，为什么是我离开？镇上有一些坏孩子，是他

们总惹麻烦，而不是我。而且，外公正在教我一些关于土地和农民的事情。所以，我请求外公，让他告诉妈妈和外婆，让我留下来。但是他说，我应该离开这里，和我的亲生父亲在一起，一直到高中毕业。他说，对我来说，我的世界由很多部分组成，如果我忽视了其中一部分，我永远都不会知道自己真实的模样。他说，我必须了解所有的亲人，因为他从未那样做过。他说，他已经了解了我的外婆，至少了解了她做的阿富汗风味的食物和习俗。而且我已经学会了一些他教给我的知识，但是我仍然需要知道，我的亲生父亲到底是什么样的人。外公说，等我再回去的时候，他会在那里等我。一个人若是由很多部分组成，活得真的不容易，贝儿。"埃默里说，"我只想成为一个完整的人。我想成为外公那样的人。"

我拉起埃默里那只正常的胳膊，放在我的手上，污垢嵌在他手指关节处的折痕里和指甲缝里，就像嵌入我的身体里一样。我们的手长得很像，我们俩。我们都拥有长长的手指，指甲的弧度也是一样的。

"我很高兴你外公让你过来。"我说，"我也很高兴你能带我去你家。"

我们在炎热的午后打着盹。我把剩下的水分给狗狗们和埃默里，这样他们就不会中暑。我自己只喝了一口。

太阳落山的时候，我试吃了一片在太阳下晒干的土豆片。它们的味道糟糕透了。土豆片在太阳下暴晒了一天，已经完全失去了水分，变成了令人作呕的深棕色。但是，当我拿着这些去喂狗狗的时候，它们似乎完全不介意。

我假装很好吃的样子。"嗯，非常香脆，只需要再撒上一点点盐。"我一边大口咀嚼着，一边对埃默里说。

他尝了一块，差点吐出来。土豆一直在他的舌尖打转，迟迟没有被吞下去。"简直就像吃了一块木板！"他嘟囔着。

我咧嘴一笑，把剩下的土豆喂给狗狗们，然后把它们重新拴回车上。当我忙着卷睡袋，收拾行李的时候，它们又开始蹦啊跳啊，嘴里发出哼哼唧唧的声响，迫不及待地准备出发了。

第二十六章

她的影子

我们再次开启横穿平原的旅程。一边是成片的小山丘，另一边是空荡荡的荒原，我们的前面、后面都是这样的荒原。我们已经没有水了，我开始恐慌。在我们眼前展现的每一处景象，每一排树木，都没有显示出附近有溪流的迹象。很快，天就要黑了。如果我们还没有找到水源，我不知道是否应该停下来。这些大狗狗太需要水了。如果没有水，它们会生病的。

我们大概走了一个小时，或许是两个小时，小奇开始伸长脖子向四周察看。我转过头，竖起耳朵，使劲盯着身后一处低低的灯光，但是我不知道它在担心什么。

有个东西闪了闪。

"我们身后有人！"我告诉埃默里。

他探出身子，从我的腿附近仔细察看。

"我们被人跟踪了！"他说。他挣扎着让双脚站在狭小的平台上，用一只手把自己拉起来，确认周围的情形。"向左转！小奇！向左，转过去！"他喊道。

马鲁奇朝小山丘跑去。

"我们要翻越那座山？他们会看见我们的！"我说。

"你看到那些石头了吧。他们没有那么容易跟过来。而且，那里说不定会有什么地方能让我们藏起来。这边什么也没有，这是肯定的！"

他说得对，山的对面是一望无际的平坦土地。

山上的石头圆滚滚的，看起来很光滑，就像在小山坡上睡觉的巨大羊群。我不确定他们的电动自行车会不会放慢速度，但是我们没有选择。

向上爬到一半时，我们的雪橇车在凹凸不平的地面上弹下跳，轮子碰到石块发出咯吱咯吱的摩擦声。我们看到了那些人。和之前一样，也是白色的电动自行车。他们也看到了我们，因为他们直接转头向我们开过来了。

我把手枪从袋子里拿出来。"坚持住，让车继续前进！"我大叫一声，然后从车后面跳下来。

"埃拉！不！他们会抓住你的！"埃默里说。

"如果他们来抓你，不要停下！"我说，"不要停下！"就像埃默里前几天遭到枪击和殴打时做的那样，我也打算这么做。因为我实在想不出来还应该做些什么。我们没有电动自行车和子弹的速度快。所以，我蜷缩在一块像黑色连帽衫似的石头背后，周围还有一堆灰色的石块，心里祈祷他们在昏暗的光线中看不到我。我的手几乎快握不住手枪了。

电动自行车离我更近了一些。埃默里说得对，在几乎全黑的山丘上，他们没有全速前进。他们骑的不是拥有凸块高花纹轮胎的农场自行车，而是行驶在平坦路面的公路自行车。那两个骑车的人到达第一堆石块时，停下车，从车上下来了。一个人拿出了他的枪。他们沿着山坡徒步向上爬，翻越石堆。

他们直直地朝我走来。即使他们都戴着头盔，在天空微弱的亮光下，我也能辨认出其中一个是女人。她停下来，面朝身后那个拿枪的男人。我举起手中的枪，两只手紧紧地握住，假装自己是一块石头。

"这太荒谬了，"她说，"我们应该等天亮了再行动。"

我的心脏几乎要停止跳动了。是妈妈？我坐起身。那怎么会是妈妈呢？在这儿？她追赶我们？她的头转了过去，就那么一秒钟，她从背后伸出手，在空气中拍了拍。她是在示意我，低下头。

那个人就在她旁边。我弯下腰去。

她向远离我的地方挥了挥手。"我们会在这里浪费一晚上的时间来找出路。完全可能还有一种更安全的方式到达山顶。在黑暗中，我们什么都看不见。"她说，"我们明天再来追踪他们的痕迹吧！"

"是的，好吧。单单用脚走路，我们是抓不住他们的，不是吗？"那男人说着，转过头，靴子在石头上蹭来蹭去。他开始朝山下走去。

妈妈转到我这边，她竖起了大拇指。我所能做的就是不让自己哭出来，不让自己跑到她身边。透过昏暗的夜色，我盯着她，死死地盯着她，好像我再也见不到她了。好像我的眼睛知道这只是她的影子，一不小心她就

会再次消失。

妈妈身后传来一阵狗叫。然后是雪橇车咯咯作响的声音。小奇！马鲁奇知道这是妈妈！她转过头去看它。马鲁奇一直都知道。我像一块石头一样沉默，在心底祈祷着小奇停下来，掉头回去。

突然，一声枪响刺破夜空，响得几乎让我的心脏停止了跳动。那人开枪打中了小奇吗？

过了一秒钟，妈妈咕哝了一句，从她站着的石头上栽了下来。我扔掉了手中的枪，好像是我开的枪那样。但是我没有开枪，那不是我的枪。靴子在石头上摩擦着，那个男人跑到妈妈旁边。我用两只手紧紧地捂住自己的嘴巴。我不能呼吸了，有人开枪射中了我的妈妈！

又是一声枪响。那个男人弯下腰，火光从山上的一块石头后面闪出。然后，他转过身，仔细聆听雪橇车的声音，爪子抓在石头上的声音，好像有狗狗挣扎着要逃走。雪橇车像要翻倒似的。

那男人举起他的枪，他要开枪打死我的狗狗们！

我到处摸索我的手枪。啊，找到了。又一声枪响从我背后响起。是埃默里吗？埃默里是如何用一只胳膊拿起那把步枪的?

那个男人被吓跑了。他弯着腰,穿过石堆,头也不回地朝山下跑走了。他启动电动自行车,以最快的速度下山,驶入了黑暗中。在他前面,有个小小的灯光随之上下跳动。

"埃默里!"我高声喊道,"别开枪!是妈妈!"我从石头后面爬出来,根本等不及埃默里回答。我必须去找妈妈,到她身边去。

"妈妈!"我哭喊着。我的声音颤抖着,我的胳膊也颤抖着,那把愚蠢的手枪不知道被我丢到哪里去了。为什么中弹的是我的家人?我放声大哭。天太黑了,什么也看不见。我根本不敢触摸她,好害怕她失去呼吸,要是那样,我就再也无法感受妈妈温暖的怀抱了。

第二十七章
一个小男孩

我摸到了她的腿，那条腿动弹了一下。她没有死！

"埃拉！"她说着，正挣扎着站起来。

"小心点！"我说着，想扶着她。

她也试图抓住我。她摘掉头盔，紧紧地抱着我。我把脸埋在她的脖子里，使劲儿嗅着她好闻的头发的香味。我不管，这是我的妈妈，我已经有八个月零二十四天没有看到她了，我以为我再也看不到她了。现在，她在这里，紧紧地拥抱着我，她头发的味道是那么甜蜜，我几乎快要无法呼吸了。我当然要呼吸，因为她在这里，她的心脏正紧紧地挨着我，怦怦地跳动着。她拉着我，亲了亲我的脸蛋和额头，我笑了起来。

"他们告诉我，你们其中的一个死了！"她喘着粗气说。

"你受伤了吗？"我问她。

"没有。嗯，有一点，我刚才是跳下来的，但是埃默里没有击中我，是我假装中弹了。不过记住，千万不要从岩石上往下跳，即使戴着头盔，也是很容易受伤的。"然后，她在周围的地面上寻找着什么。"你的枪呢？"

我转头朝我藏身的地方跑去。"埃默里！出来吧！一切安全！"我高喊道。直到现在我还没有看到他的身影。

我找到了那把枪，递给妈妈。

"我得让他相信，我真的死了。"妈妈说，然后跑回刚才她假装跌倒的地方。"趴下！弹跳射击。"她说着，弯腰躲在一块石头后面。

我趴下来，她朝自己刚才躺的地方开了一枪。夜空中又响起一声枪响，山下的旷野中，那辆自行车的车灯突然转了一个弯。他听到了。

有声音响了起来。埃默里在我们上面那块岩石上，

天空勾勒出他的身影。

"埃默里!"妈妈叫他。

埃默里向前探出身体,呜呜地哭了起来。他的身影颤抖着,像一个小男孩似的。

他从石头上走下来。

"你怎么会在这里?爸爸和你在一起吗?"他喘着粗气问。

妈妈伸出双臂,小心地抱着他,不像抱我时那样紧。"他不在这里。你的胳膊怎么了?"

"是他们干的,"我说,"那些骑电动自行车的人。他们朝他的脑袋开了枪,擦掉了他的一块头皮。"

"天啊,真抱歉!"她对埃默里说,他正吸溜着鼻涕,抹掉眼泪。他没有回答。"我一听说他们找到两个孩子,还驾着狗拉的雪橇车,我就赶紧找你们来了。"

"你跟那些坏人在一起?"我问道。

"我也是被迫的。"妈妈回答。

"那些人伤害了埃默里和沃尔夫,还会再追杀我们吗?"我问道。我很难相信妈妈也是其中之一。

"亲爱的,三天前,他们在路上遇见了我们。你爸爸和我在路上停下来，帮助那些人修理电动自行车。我假装告诉他们我懂电动自行车和卷轴式太阳能充电宝，接下来的事情你都知道了，我们来到了他们的营地，被锁在棚子里。我负责修理他们的自行车和卷轴式太阳能充电宝，你爸爸说他还会修摩托车，能不能让我们和他们待在一起。我们假装对他们的收留非常感激，然后趁机逃了出来，追上你们俩。

"一听说他们见到两个孩子和一辆狗拉轮式雪橇车，我就知道是你们俩。后来，他们说你们俩有一个人死掉了，我们能做的就是不让自己崩溃，然后赶紧溜出来。今天晚上，他们需要我出门修理那辆被你们弄坏的自行车。他们没给我武器，但是我永远不会让那个男人抓住你。"

"爸爸呢？"我问。

"他自己配了一把钥匙，准备偷偷溜出来。真希望他能在得知我的'死讯'前就跑出来。"她说着，一直盯着平原上那个小小的自行车，那盏灯变得越来越小。"想象一下，你要是得知你一半的亲人都死了……"

"如果我们留下枪和自行车呢？他们会不会就不再

追我们了？"我问妈妈。

"我猜，他们现在就已经放弃了。那些家伙需要三天时间才能回来，因为他们要给他们的自行车充电。那时候你们就已经跑得更远了。外面还有很多其他的组织，他们都忙着保护自己的安全。"

"他们有没有得到一群山羊？"我问。

"什么？山羊？没有。为什么这么问？"

黑暗中传来一阵狗狗的嗥叫。"现在得去狗狗那儿看一看。"我说着，爬在石堆上，朝前伸出手臂，在灰色的岩石中摸索着前进的路，到处找寻着狗狗们。妈妈和埃默里跟在我身后。

"小奇！"我叫唤它，它回应了一声，发出哼哼唧唧的声音，好像什么东西绊住了它，让它没法来到我的身边。

我朝它跑过去，它那毛茸茸的巨大黑色身影不停地跳跃、拉扯。我用手摸索着它的挽具，把它从弹力带里解开，它舔了舔我的脸，然后一个箭步冲出去，奔向妈妈。当它的弹力带落地的那一刻，旁边的熊仔和沃尔夫立即闹腾起来，它们的爪子在地上抓挠着。

熊仔身上包裹着弹力带，沃尔夫浑身战栗着，躲在一堆狗狗中间，很明显它站错了位置，那里根本没有空余的位置给它。

"可怜的熊仔！"我说着，解开绳索。熊仔的项圈和沃尔夫的项圈钩在一起，我又把它俩分开，熊仔这才挣扎着站稳了脚跟。我在它身上摸了一遍，发现它的挽具和其他狗狗的绳索钩在一起了。我帮它解开，又把挽具摆放整齐。我猜想，一定是因为沃尔夫害怕枪声，在其他狗狗转弯之前试图逃跑，然后它跳去了熊仔那边，把所有的狗狗都绊倒了。它们之间相互拉扯着，因为害怕枪声，拼命朝一边拖着雪橇车。熊仔一路小跑，朝妈妈奔去，所以它应该没什么事。乌贼和奥伊斯特正乖乖地坐着，它们的白色皮毛很容易辨认，即使在黑暗中，我也能知道它们一切都好。它们都像乖狗狗那样，静静地等待着。

沃尔夫浑身颤抖着，乱成一团。

"小夫，"我轻轻地说，"现在一切都过去了，小夫。"即使它的个头几乎和我一样大。我的手顺着它挽具上的绳索摸去，解开它的一条腿。然后，我躺在它

旁边，用手抚摸着它温暖的后背，感受着它有力的心跳从脊骨处传来，我轻轻地告诉它，它是一只乖狗狗。

妈妈正在开心地笑着，小奇和熊仔正围着她跳来跳去。接着，她走过来。一把小手电照在我们身上，闪着亮光。

"沃尔夫还好吗？"她问。

"它害怕枪声，"我告诉妈妈，"它的耳朵被子弹打穿了。"

"可怜的小夫，"她说道。但是她用手摸它的时候，沃尔夫走开了。"那些人抓到了它，给它安装跟踪器时，我看见它了。为了不露馅，我什么也做不了。小夫，对不起。

"很多次，我试图拖住那个人，让他走得慢点，但是我实在想不出什么办法摆脱他，单独追上你们。扔掉跟踪器这招，你们做得棒极了！"

妈妈说这些话的时候，脸朝着埃默里，声音围绕着他，好像这一切都是埃默里的主意。

"是我拿着它跑了很远，扔在那所房子里面。"我说，"我想，沃尔夫不可能再跑得更远了。"

"我们得把它拴回雪橇车，抓紧出发，我们不能待在这里。"妈妈说。

"狗狗们已经累极了，"埃默里说，"它们又渴又饿。"

"前面有一条小溪，"妈妈说，"我们到那里去，给它们几个小时的休整时间，然后我们需要继续前进，离开这里。"

第二十八章
什么也没留给我们

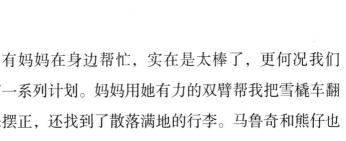

　　有妈妈在身边帮忙，实在是太棒了，更何况我们还有一系列计划。妈妈用她有力的双臂帮我把雪橇车翻过来摆正，还找到了散落满地的行李。马鲁奇和熊仔也被拴了回去。她还帮我把可怜的、受伤的小夫放进网兜里，又帮埃默里双脚分开坐在那里。当我们顺着岩石朝下走的时候，妈妈扶着他，以保持平稳。

　　在平地上，妈妈在马鲁奇前面慢跑，马鲁奇摇着尾巴，热坏了。我驾着雪橇车，埃默里和沃尔夫在车里坐着，让车身更重了。我们正逐渐靠近小溪，一排深色的树出现在月光下，空气里有潮湿的味道。

　　妈妈慢跑回来，喘着气，小声地对马鲁奇说：

"吁——"我们停下车，她跑向我。"你有没有刀或者什么东西？那里有袋鼠。"她说。

我从袋子里拿出刀递给她。

她把熊仔和马鲁奇从车上解开，它们都跑到前面去了。

我跳下车，整理好散落的弹力带，背到自己的肩膀上，和奥伊斯特和乌贼一起，拖着我们的轮式雪橇车穿越这片坚硬的土地，我们顺着熊仔和马鲁奇的叫声方向驶去，妈妈让它们待在暗处。

"好狗狗们。"我一边对奥伊斯特和乌贼说，一边揉了揉它们的下巴。它们戴着挽具，不停地跳跃着，也很想去追赶袋鼠，但是它们和我一样，仍然需要继续向前拉车，因为车上坐着我们受伤的家人。

妈妈回来了，她嘴里咬着手电筒，手里拖着一只个头不大的袋鼠，熊仔和小奇一直在闻袋鼠的脚，仿佛它还会跳起来再次跑掉似的。这只袋鼠瘦极了，但是现在足够填饱狗狗们的肚子。妈妈回来了，真好！

她把马鲁奇和熊仔拎回车上，转身对我说："来吧，我们得喂饱这些狗，还要给它们喝饱水。"我们朝着那

片树丛出发。我和狗狗们的脸倒映在水中。就连妈妈也说，我们应该先把肉煮熟。

在黑暗中，我尽全力搭好了帐篷。埃默里正坐在沃尔夫旁边，看着狗狗们在小溪中喝水。当妈妈分割袋鼠肉的时候，狗狗们在妈妈周围转来转去。只有小夫坐在那里，浑身打着寒战，根本无法站稳，好像生活这个世界上，对它来说实在是太糟糕了。妈妈用牙齿咬着手电筒，好能让自己能看清面前正在被切割的袋鼠肉。她把血放到了平底锅里。

"你拿这些血做什么？"我问她。

"我要把这些血倒进河里，这样他们就会以为我真的中枪了，"她说，"这样，他们就再也不会回来找我了。"

"但是，如果他们发现你的尸体不在那里，会怎么想？"我问道。

"也许他们会认为是你们把我扔去喂狗了。"她说。

"什么？"我说。

"自从我们离开城市后，这世界变得有多糟糕？"埃默里问。

"也不是很糟糕。"妈妈回答,"就是有很多人拉帮结派,到处抢东西,那些结成团伙的人很危险。那帮人,就是你们遇上的那帮人,非常危险。所有靠近城市的农场都被那帮人毁掉了。"

"我们就看见一起,"我说,"有山羊的那家。"

"天啊!"妈妈说着,紧紧地抱住了我。

妈妈把袋鼠腿上的肉切成好看的薄片,用打火机的火烤了烤,让我和埃默里也吃了一些袋鼠肉。然后,所有的狗狗分享了剩下的袋鼠腿肉。就连小夫也来到我们身边,吃了几块肉。

吃完后,妈妈立刻让我们钻进睡袋,她告诉我们,她会在两小时后把我们叫醒。为了安全起见,她让沃尔夫带着剩下的一点袋鼠肉走进帐篷,和我们待在一起,以便冷静下来。其他狗狗则被她拴在附近的树上。

除了狗狗们舒展身体发出的哼哼声,周围的一切都安静极了。很快,我们都睡着了。

电动自行车的声音让我径直坐了起来。马鲁奇发出一小声犬吠,而不是咆哮。所以,那一定是妈妈回来

了。现在，天边已经变亮，黎明就要到来了。

我们放倒帐篷，打好包，把帐篷放进雪橇车里。妈妈把车拖到了小溪的另一边，也拴好了狗狗们。大概是因为睡了一觉的缘故，就连小夫看上去也精神多了。

"一直奔跑对它有好处，别担心。"妈妈说着从塑料袋中挤出几颗药丸，递给埃默里。然后，她用手电筒检查了一下埃默里头上的伤口。"伤口太深了！"她说着，用手戳了戳我长袖 T 恤的边缘，"我想，在我找到东西为你清理伤口之前，还不能拆掉这个绷带。你必须再等等，等我们到了克里斯那里再说。"她叹了一口气，歪着头对埃默里说："虽然你和沃尔夫躲过了子弹，但是你们应该再躲得远点。"她咧开嘴笑了，但是眼里却充满泪水。她朝我看看，我点点头，因为我们都在想，那些子弹差点就永远带走我们的埃默里和小夫了。妈妈走过来，抓着我的手，紧紧地捏着，眼睛里闪着泪花。

"爸爸会平安吗？"我问妈妈。我想确保我们所有人都在一起，并且全都平平安安的。这个世界对我们所有人来说都太危险了，尤其是对落单的人。

"他会平安的。你知道的，他来到城市的另一端，到电力公司找到我，还说服他们放我离开。他还让我们俩骑着电动自行车，顺利穿过疯狂的、分崩离析的城市，回到我们的公寓。然后，休整了一天后，我们就出城了。说不定，我们走的是同一条自行车道。"

"我们很早就离开那些小路了。"埃默里说，"那里太危险了。"

"是的，你说得对。我们找到了一辆老式汽油卡车，你爸爸竟然把它启动了。当我们在后面忙着给自行车充电时，我们在路边碰上了那群正在修理电动自行车的人。"妈妈摇了摇头，说道，"我想，如果我们没有卷轴式太阳能充电宝，也没有会修理东西的能力的话，他们也会朝我们开枪的。"

"那爸爸要怎么逃出来呢？"我问。

"那些人把他关进棚子。从第一天开始，你爸爸就在一个锡罐上磨那把钥匙。仅仅凭借观察，他就完美地复制了那把曾经见过的钥匙，这就是创造的天赋。他假装自己十分高兴加入这个组织，每一个小小的修理的工

作都尽可能地帮忙，如果他走了，他们一定会很吃惊。那时候，他们所有的电路都会断开，他们营地的灯光、警报，全都会失效。"

我开心地笑了起来。

"埃默里，"妈妈说，"我需要你坐在这辆车上。这辆电动自行车的震动要比雪橇车小得多。我真不希望你的脑袋或者胳膊再受到不必要的颠簸。你真的需要一些日子好好静养才能恢复。"

妈妈看了看我，我点点头，我现在已经完全可以自己控制所有的狗狗。无论如何，小奇都会跟着妈妈，埃默里会坐在自行车后座上，这会很轻松的。

就这样，我们出发了。妈妈骑着电动自行车，后座上载着埃默里，慢慢地走。小奇跟在他们身后飞驰着，其他狗狗跟在后面。

妈妈不得不走得很慢，因为她只有一个小手电筒用来照明。是我把那辆自行车的前灯砸坏的。

我们每个人都没有睡够一个小时，但是狗狗们至少吃掉了那只年迈的袋鼠，它们肋骨后面的那个位置没有昨天那么凹陷，而且我们的水罐也是满的。我们朝那片广阔而荒凉的原野前进，微风吹过我们的脸颊，似乎在提醒我们前路莫测，仿佛它这么说我们就会回头似的。

第二十九章

一肚子砂砾

大约过了几个小时，电动自行车在一个站点旁停了下来。妈妈把车推到一堆石头后面，摊开卷轴式太阳能充电宝，插上了电源。

"我一会儿再回来取车。"她说着，用手擦干净卷轴式太阳能充电宝上的灰尘。她帮埃默里挪到雪橇车上，又给了他几片治头疼的药片。

我们继续穿越原野。妈妈沿着路边和马鲁奇一起慢跑，埃默里开始呻吟。

妈妈对马鲁奇喊道："吁——"然后为它擦了擦眼睛周围的尘土，警戒地朝四周看看。

山的另一边有一个放干草的谷仓，一条沟渠和几棵乱蓬蓬的树，附近还有一堆石块。妈妈指着灌木丛的方向。我猜，接下来走在这条路的人都会选择到那个谷仓休息，于是我喊道："向右，小奇，向右！"狗狗们拉着车，朝右边拐去。

在沟渠的低洼处，妈妈和我支起帐篷。等到太阳照在我们头顶和身上时，我们在帐篷顶搭上了一些灌木丛里的树干和枝条当作掩饰。

然后，我们解开狗狗，喂它们喝水，又把雪橇车也用树枝盖了起来，最后爬进帐篷里。到处是乱糟糟的毛发，鼾声四起，乱伸的胳膊，汗涔涔的腿，狗狗的爪子向四周伸展，寻找空间。睡了一整天后，凉风从门口拉链处和帐篷通风口处吹了过来。

傍晚，我们都渴醒了。我们的一大瓶水很快就喝完了。

"我去再找点水来。"妈妈说。

"我和你一起去。"埃默里说。

妈妈对埃默里摇了摇头。"你就静静地躺着，你头上的伤口和骨折的胳膊不能再受到颠簸了。"

埃默里张开嘴巴，准备和她争论。

"不，"妈妈说，"让我来吧。有时候，每个人都会需要别人的帮助，埃默里。"

我没有说话，因为这是埃默里和妈妈常有的分歧。她说，他应该听她的话。他说，她不是他的妈妈。但是这次，埃默里没有反驳。也许，这次他真的需要她的帮助。

我站起来，准备和妈妈一起去。但是，她对我摇了摇头，说："我需要你照顾埃默里，还要保证这些狗狗安安静静的，这样他才能休息。"我说："你不能单独出去！"

"我会带熊仔一起去。"妈妈说。

这让我很生气，好像在我脸上扇了一巴掌似的。如果她确定自己会回来，为什么要带着熊仔而不是马鲁奇？她知道我们需要马鲁奇来拉车，她知道我们不需要熊仔也能到达目的地。这就说明她知道那里是危险的。

"我可以的，"我说，"这几天都是我出去找水，并且确保每个人、每只狗的安全。"

"我知道的，宝贝贝儿！"妈妈一边说着，一边拍了拍我的肩膀，好像现在她在这里做了所有困难的事，我只继续做家里的小宝贝。现在，我的感受就像埃默里以前的感受一样。我感觉我不需要帮助。

妈妈带走了步枪和猎刀，给我留下了一把手枪防身。

妈妈走后，我又费了一番工夫说服小奇不能跟着妈妈一起去。最后，小奇放弃了顶帐篷的拉链，我这才松开了它的项圈。

"我带狗狗们出去散个步。"我对埃默里说。

"只能去一小会儿。"埃默里说。他平躺着，用那只没受伤的胳膊遮住眼睛，手肘竖起来，好像伤得很重的样子。

我找到马鲁奇和沃尔夫的绳子，把它们俩拴在一起，说服奥伊斯特和乌贼乖乖坐着，然后我们留下它们，从帐篷里出来。

马鲁奇在前面一路小跑，用鼻子闻着傍晚的微风，尾巴僵住了。它到处张望，可能是在找尾随我们的车灯，或许是妈妈走过的路。小夫在我的腿附近不停地打战，头埋得低低的，左看右看，舔着嘴巴，就像它害怕时经常做的那样。它找到一丛树枝，正当它打算在上面

小便时，它的注意力被一个什么东西吸引了。我们停了下来。在沟渠前面某个地方，马鲁奇闻到了某种味道，叫了起来，这让沃尔夫又重新躲到了我的腿后面。那东西也看见了我们。看样子像只老鼠，它离开沟渠的底部，钻进了河岸边的一个地洞里。最后，在我眼前一闪而过的，只有它白色的尾巴尖。

马鲁奇带我们找到了洞的位置。它用鼻子疯狂地嗅着，不停地打喷嚏，它跟着老鼠的踪迹找到了洞口，把自己的整张脸都埋了进去。我们回到那只老鼠没受惊之前坐着的地方，那里覆盖着一些抓痕，土壤的颜色也比其他地方更深。是泥土！老鼠找到了泥土！哪里有泥土，哪里就有水源！

我让马鲁奇继续嗅着，又把沃尔夫拖回附近。我挖开这条沟渠顶部的浮土，地下柔软的泥巴露了出来。我跪下来，用手肘撑着地面，像狗狗一样挖下去。马鲁奇跑过来看我在干什么，好像我找了老鼠似的。它舔了舔这些泥巴，吸了一口，也沿着我挖下去的边缘刨了起来。

"好样的，小奇！"我称赞它说。狗狗的爪子就是为挖洞而生的。除非人类拥有工具，否则在挖洞这方面，人类的双手真是一无是处。真不知道马鲁奇会怎么想我，以及我这双笨拙的小手。

这条沟渠一定是一条冬季溪流的一部分或者别的什么。也许以前这里是有水的，这也是老鼠在这里安家的原因。但是现在，一切都变得那么干燥，出现更多荒凉的土地，还有小簇的灌木丛，外面到处是褐色的，死气沉沉，不毛的土地上冷不丁冒出一两点绿色的尖刺植物。

很快，顺着我们挖的泥洞两侧渗出水来，慢慢地在低洼处汇集起来。沃尔夫把头伸进去，喝起了水，就像我们是专门为它这么做的。不过我并不介意，小奇也没有咆哮，因为小夫的确需要额外的照顾。

马鲁奇也凑过去喝起了水，只有我一个人继续挖土，一直挖到手指甲受伤才停了下来。我找到一根棍子，在继续挖洞之前，我先用棍子把底部的泥土弄松，再把挖出来的泥土堆在周围。狗狗们不停地用爪子把我挖出来的泥土扒回去，但很快它们就喝够了，我又把土堆在两边。

我静静地等待泥土沉淀在水洼中。沃尔夫坐在我身边，马鲁奇重新回到老鼠洞附近查看情况。太阳已经落得很低了，随之而来是一阵凉爽的风，带走了地面的热气。但是天空中还留有一缕光线，当上层的水看起来已经足够清澈的时候，我弯下腰，把头埋进洞中。水里都是泥沙，就像喝了一口泥浆似的。也许这样，沙子就会填满我空空如也的胃，胃就不会再因为饥饿而感到疼痛了。

我甚至记不得吃饱是什么感觉了。我的脑子里总会涌出很多和食物有关的奇怪想法，关于味道的零星记忆，冰激凌、比萨、香蕉和杧果，好像我的脑子在试图告诉我，去吃那些好吃的，好像它忘记了现在唯一留下的水果只剩杧果了。我们最后一次买到一个杧果花了四十美元。为了分享它，我们不得不用了三种方式，最后，像狗狗啃骨头一样，把果肉和果核都咀嚼着吞了下去。现在，我尝试用这些泥水把空空如也的肚子填满。

第三十章

如何表达我的想法

我赶回帐篷去取平底锅。

"埃默里！我们挖了一个洞，挖到了水！"我说着，拉开帐篷的拉链，把头伸了进去。奥伊斯特和乌贼凑过来舔我的脸。

"真的？"他问。

"千真万确！你看着小奇和沃尔夫，我再带其他狗狗去喝水。"我激动极了，把沃尔夫绑在埃默里的胳膊上，抓起平底锅，拉着奥伊斯特和乌贼，这样我就能把它们身上的卡扣扣在一起。

"我也想去看看。"他说着把马鲁奇拉进来，跪着立在地上。

"你应该躺着，好好休息！"我说。

"千万别！"他抱怨说。

我用平底锅朝他没受伤的肩膀推了一把，让他又坐下了。"在这儿待着！"我说，"你可以明天再看。我可以给你带一些好喝的泥巴水。"

我把狗狗拉出来，拉上了帐篷的拉链，对他的抱怨充耳不闻，就像妈妈那样。我不介意自己像妈妈一样。

"噢！"埃默里喊道，"如果那里有水，就一定有蒲草，帮我拔几根。"

"它们大多都变成了棕色。"我说。

"那就只要绿色的部分。"他说。

那里的确还长着一些蒲草。我抓住绿色茎秆的底部，拽出来一部分。然后，我必须依靠锅柄的帮助才能把它们都挖出来。茎秆底部是蒲草的根，有些根还是白色的。我打算把这些带回帐篷。我一路拖着奥伊斯特和乌贼，它们不想回来，总想往其他地方跑。它们俩蹦着跳着，好像没有辛辛苦苦地拉了几天雪橇车。

"是这个吗？"我问埃默里。

"是的！"他回答。他抓过那团东西，挑挑拣拣，用膝盖压住一部分，用那只好手拨出了里面的芯。"嚼嚼这个，等到你觉得扎嘴的时候，再吐出来。"他把一些蒲草秆子塞进嘴里，大口嚼着。"嗯。"然后，他拿出一根递给我。

我也塞进嘴里，嚼了起来。最开始，我以为什么味道也没有，但是随着白色的蒲草碎成沫，竟然有了一些坚果般的甜味。我带着狗狗们重新回到水坑那里，一路上，我不停地嚼啊嚼啊。

赶在狗狗们往水坑中扒拉泥巴之前，我急忙舀了一些清水。它们争先恐后地想得到自己的那一份。

"我的小乖狗们！"我这样告诉它们，即便它们都不再是小宝宝了，还是没有小奇的个头大。"我知道，让你们拉雪橇车比熊仔和小奇更难，但是你们做得非常好。"我一一拥抱了它们。我们这些小个子更应该团结在一起。

外面传来一阵"呜呜"的叫声，熊仔在黑暗中疾驰。即便我立刻认出了它的模样，我的心还是砰砰乱跳了一阵。

它正喘着粗气，舌头伸在外面，十分兴奋地加入奥

伊斯特和乌贼的队伍，把头埋进洞口。

妈妈跟在它后面。我放下平底锅，吐出嘴里扎人的蒲草秆子，向她跑去。

当我快跑到她身边时，她冲我摇了摇空空如也的水罐，说："外面简直像骨头一样，又干又秃。"

"不，不是这样的。"我说着，冲她耸耸肩，咧嘴笑了，"我挖了一个洞，找到了水源，就在前面！"

"天啊，埃拉！你简直太棒了！"妈妈说。她肩膀上好像背着什么东西。等东西从妈妈肩膀上滑落下来，我才看清楚，那是两只巨蜥。"吃起来有点像鸡肉，"她说着，用脚趾轻轻地推了推它们的身体。"也许吧。"

我笑了，带着她来到水坑那儿。

她喝下平底锅里一半的水。我把剩下的带给埃默里。

妈妈在河岸边挖了一个洞，在里面生了一小堆火，往里面放一些巨蜥腿和切成块状的肉。然后，她用树枝和她的破T恤盖在上面。剩余的巨蜥肉直接分给了狗狗们。

狗狗们一定吃饱喝足了。当我、妈妈和埃默里围坐在黑暗中时，它们正高兴地啃着自己那份骨头和肉。我的舌头转着圈，在多节的尾骨中寻找所剩无几的肉，我的牙齿咬掉了每一块松动的骨头。然后，我把埃默里说的能吃的蒲草拿给妈妈。

妈妈吃完了，一边吮吸着牙缝间残留的肉，一边建议："也许我们应该在这里多待一天，等你们的爸爸追上来。我不知道离下一处水源有多远。"

听到她这么说，我能感觉到她对爸爸很是担心。

"计划是什么来着？"我问。

"等我消失后，他就偷偷溜出来。不过，我想他估计无法骑车出来。但是，即便是走路的话，他也应该离这里不远了。"

"如果他恰好在黑暗中从我们身边走过去了呢？"我问。

"有这个可能。"妈妈说。

"不可能！"埃默里说，"小奇会知道的。小奇总是第一个知道。"

"他说得对，"我说，"小奇知道。"

"如果自行车现在充好电了，你应该去找他。"埃默

里说。

"不！"我说。她出去找水这件事已经够糟糕了。不过，我现在脱口而出说"不"，这更糟糕，因为这意味着不要去营救孤身在外的爸爸。

埃默里皱着眉头看着我。但是，这不是他的妈妈，而是我的妈妈。为了等她回来，我真的等了好久。

"我的意思是，"我试图向他们解释我真正的想法，"我们在这里很安全，我们还有水，埃默里需要休息。所以你应该去找爸爸，不过只能去一天，那样是可以的。但是，我们觉得我们应该待在一起。"

第三十一章

快到克里斯马斯家了

当地平线上出现第一缕微光时，妈妈检查了枪支，把步枪藏进了雪橇车。

"步枪还剩两发子弹，"她说，"手枪还剩下三发，所以我带着这把手枪。"

我点点头，眼泪却流了出来，好像有一块东西卡在我的喉咙里。我使劲吞下那块东西，咽下让妈妈留下的想法。也许我就是个需要妈妈的小宝宝。我需要重新做回我一直在做的事情——照顾埃默里和狗狗们。

妈妈看到了我的眼泪。"贝儿，噢，贝儿，你做了太多了不起的事，照看大家的安全，还找到了水，你看，我们几乎都在这里了。我们马上就要平安团聚了，

我知道，你只是为我和爸爸担心。"

我点点头。"我们是一家人，"我说，"我们要彼此帮助。你去找爸爸吧，我会继续照顾好埃默里和狗狗们！"

妈妈抱着我，抱了很久。也许她在考虑不去找爸爸。"如果任何人有一丝机会找到你们，我都不会离开。"妈妈说，就好像那是我担心的原因。我不是担心这个。我是担心再次失去她！"如果我一连几天都没有回来，别让任何人耽误你们的行程。你和埃默里必须到克里斯马斯家。无论发生什么事，你们要一直走，不要停。我们会追上来的。答应我！"

妈妈这么说，让我想起前方还有更多的困难在等着我们，我更不想离开她的怀抱了。"我答应你。"我说。

妈妈拥抱了埃默里，让他也做了同样的保证。然后，她朝我们挥了挥手，转身离开了。在分别了八个月二十四天后，我们才相聚了两天，又再次别离。

"一定要找我们！"我朝她慢跑的背影大声喊道，"找到爸爸，再找到我们！我爱你！"

"没事的，埃拉，"埃默里说，"她会成功的，杰奎琳非常聪明。"

很高兴能听到埃默里叫她的名字。

他过去总说，他不需要第二个妈妈。当妈妈告诉他要做什么事的时候，爸爸不得不经常告诫他："按照大人说的话去做！"我猜，埃默里总是很愤怒，是因为他被送到了城里。

不过现在，妈妈是唯一一个能去寻找爸爸的人。我们大家都分开了。埃默里应该也很担心他的妈妈和外公、外婆。我猜，我们终会平安相聚，无论对方是谁的妈妈。

第三十二章
谁是英雄

　　埃默里在休息，我也睡了一会儿。然后，我带着狗狗们出去了。我告诉埃默里，我要带狗狗们去喝水，但实际上，我想去看看妈妈有没有带着爸爸回来，或者万一那边可能有什么人走过来。那里的土地是红色的，像火星一样干燥且孤独。

　　傍晚时分，开始起风了。尘土打着旋沾在我的皮肤上。我的头发变得比之前更加厚重、干燥。我甚至想不起来清洁的感觉是什么样。

　　我和狗狗们试图挖出住在河岸下的老鼠当作晚餐，但是这太艰难了。我们灰头土脸地结束了这场挖掘。最后，我不得不承认那只老鼠是一位掘洞高手，值得拥有安静的生活，而不是被一群狗追逐。我给它取名为瑞特·白尾巴，希望它有好运气。我敢打赌，我们挖到水源，它是最高兴的那个。它可能趁我们睡着的时候，偷偷溜出去，高兴地在我们喝的水里游泳，就像它曾在过去的好日子里做的那样。

随着太阳西沉，天空变得越来越红，几乎变得和地面一样红。巨大的黑云堆积成泡沫状的小山，天空被撕裂了。没有一朵云停下脚步，施舍一滴雨水。

晚上，狂风呼啸而来，拍打着帐篷。我不时地从梦中惊醒，马鲁奇也坐起来，查看周围的情况，其他狗狗也醒来了，扭动着身体。我果断做出决定，不再睡觉了，就躺着听风声，期待听到电动自行车的嗡嗡声。

太阳升起来了，风还在继续刮着。随着太阳不断地升高，天气变得越来越热，空气也更加干燥了。我们很难再从水坑里得到干净的饮用水。除了没有味道的棕色蒲草秆，再没有什么可以吃的食物。这里热极了，到处覆盖着干燥的尘土。只要我离开帐篷，我的眼睛就会被尘土刺得生疼。

"等待太令人崩溃了！"在帐篷里，我朝埃默里抱怨道，一头栽倒在他的身边。我们都躲在帐篷里，拉上拉链，防止外面的尘土钻进来。又热，又饿，又烦躁。

"也许她会给我们带来比萨。"埃默里说。他想让我高兴起来。

"你这么说也太愚蠢了。"我说着，戳了戳他那只没有受伤的胳膊，"给我讲讲，你在克里斯马斯家时是什么样的？讲一个你和外公、外婆一起住时的故事吧！"

"好吧。我妈妈是个很霸道的人。她和外婆总是去棚子里或洞穴里照顾蘑菇或运送蘑菇。所以，她会留下要做的工作清单，如果你不做，你就真的有麻烦了。"

"真的吗？都是一些什么样的工作？"我问道。

"都是一些很蠢的事，比如洗盘子，晾衣服，保证准时登上校车。但事实是，她们要去洞穴或者出门一整天，所以根本不知道我和外公在忙什么。"

"你们在忙些什么？"

"外公在重新学习过去的农民如何种植谷物和储存粮食。"

我笑了起来，因为这不是我想要得到的答案。"你说的'重新学习'是什么意思？""外公从小在悉尼长大。那里离他的国家和老家都很远。他是一名焊工，不是农民。他对土地一无所知。但是，当他和外婆结婚后，他们一直在工作，攒钱买房子。所以当他们存下一些钱后，外公就说服外婆买下一块地，将那里作为他们的家，而且过去那里有金矿，他以为他们能挖到金子。外婆说过去那些人真的在那里淘金，她利用过去的隧道种出了美味的蘑菇。"

我笑了起来。"她真聪明。"

埃默里也笑了起来。"是的，她的曾曾曾祖父是第一批来澳大利亚居住的移民。他们原来是来自阿富汗的骆驼牧民。她说，她的血液里流淌着骆驼交易员的血。如果你对她撒谎，她能闻出来。她会指着你的鼻子，说你闻起来像骆驼粪。如果你知道做什么事对你有好处，就不会对她撒谎，宝贝贝儿。"

"我绝不会的！"我答应他。我已经开始害怕他的外婆了。

"无论如何，外公说过，过去这里的土地长满了谷

物，尤其是在移民到来之前。他说以前我们的人民常常用长而锋利的刀片收割庄稼，然后把它们做成面包，时间甚至早于埃及人。所以，他到周围转了个遍，直到找到一些旧时的谷物，他还和别人学习了如何储存谷物。从那以后，他就一直在种植庄稼和储存谷物。"

"真的？"我问，"他现在还有谷物吗？或者，现在那些谷物都因红色真菌而死掉了？"

"我不知道，我们试过做那些老式的黏土堆，一直到去年夏天才真正做成，就在牧草枯萎之前，在城市间切断联系之前。即便外公生病了，我们也储藏了一大堆谷物。不知道他现在是不是依然在继续这项工作。"

"也许，它们在你做的黏土堆里完好地保存着。"

也许它们真的被完好无损地保存着？我偷偷地奢望，在克里斯马斯家里有热腾腾的、新鲜出炉的面包等着我们。我甚至想不起来面包是什么味道了。但是，我的舌头不停地舔着嘴唇，我忍不住，我的胃正因此而翻腾着。

"之前，我做了一个蚁穴模样的黏土堆，纯粹是为了好玩。然而，外公却让我把所有黏土堆都做成蚁穴的模样，你想想看，谁会蠢到去偷一个蚁穴？"

"所以，如果他没有告诉任何人，会怎样？它们很可能仍然在那里，围在一起，人们会觉得它们真的就是蚁穴！"我喊了起来，因为现在的风刮得实在太响了。风咆哮着，不停地拍打着我们的帐篷。

"这就是我们要来这里的原因。我们真应该在牧草刚刚枯萎的时候就出发，在城市封锁之前，在大家都没有食物之前。"埃默里说。

我想，如果我们这么做，埃默里可能就不会受伤，而且我们也不会驾着狗拉雪橇车行走几周，我们饿坏了。不过，若是这样，我们依然会把妈妈留在后面。

"你说得对，"我说，"我们都不知道妈妈没有按时回家。"眼泪涌了出来。我的脑海里全是发生在我们身上的事。我们等了妈妈很久很久，埃默里回到家时是那么恼怒。现在，我们离他外公外婆家已经很近了，他根本不知道他们最近怎么样。发生了太多事……"你那时候真是疯了，"我说，"我听到你告诉爸爸，我们必须出发。但是他不能。我也不能。因为妈妈。"

"嘘——贝儿，"埃默里揉了揉我的背，说，"我们

是一家人，我们不应该把任何一个人丢下，我为我曾经说过的话道歉。"

我抽了抽鼻子。"你说的是真的？"

"当然。"他笑了，"现在我是真的要疯了。我受伤了，还要你来照顾我，而你妈妈去救爸爸。我想当那个英雄。"

第三十三章

朝红色的尘土出发

我擦干眼泪，把头靠在埃默里的胸前，听着他的心跳声，咚——咚——这样，我就听不见风在帐篷上的拍打声和敲击声。我说："你已经做了许多英雄才会做的事，你应该学会分担。"外面刮来一阵强风，在我们的头顶呼啸而过。狗狗们坐起身，我也坐了起来。我们全都盯着帐篷顶，静静地聆听外面的风声。我想打开门朝外面看看，但是外面那来自天空的哨声，实在让人觉得毛骨悚然。好像老天要把我们困在这里似的。

我抓住帐篷顶上中央的圆环，把它拉下来。尽管狗狗们发出短促而猛烈的叫声，它们在咆哮，在疯狂地抱怨，对着天空发出长长的嗥叫，我依然把帐篷的顶拉得

很低，狗狗们不得不相互挤在一起。圆环从我手中挣脱出去，弄疼了我的手指。大风试图举起我们的帐篷。我们堆在帐篷周围的树枝发出刮擦和断裂的声音，好像风要撕碎它们似的。埃默里伸出没受伤的胳膊，也抓住了帐篷顶上的圆环。大风咆哮着，像一只发怒的野兽。狗狗们吓坏了，围在我们身边颤抖着，不停地用爪子抓挠着地面，寻找可以躲避的地方。沙尘从通风口涌进帐篷。到处是飘浮的灰尘，我们眯起眼睛，不停地咳嗽。狗狗们也是一样。咳嗽声，尖叫声，颤抖和刮擦的声音……狗狗们做好了随时逃跑的准备。

"坐下！坐下！"埃默里厉声呵斥狗狗们，五只狗狗趴得更低了。沃尔夫把它的头埋在马鲁奇的肚子下，好像它能从那里挖出地洞来。

风刮得猛烈，我们的帐篷就像一个风筝。能阻止我们飞到空中的只有几个帐篷钉子，还有我们两个人和五只狗狗的重量。看起来，我们谁也不够重，全都瘦巴巴的。

圆环在我和埃默里手中跳跃着，扭动着，最后在帐篷顶上撕开了一道口子。帐篷朝一边歪倒，支撑杆在我们头上折成一个弧形，然后狠狠地打在我的肩膀上，生疼。紧接着啪的一声，帐篷的底部翻了上来，我们的头被支撑杆砸中。我们都伏下身来，我伸出胳膊，护住狗狗们，试图让它们保持不动，希望它们不要再被其他帐篷杆戳到或者砸中。帐篷外的树枝发出咔嚓的断裂声，从我们身边划过，擦着我的背飞走了。

"你还好吗？"我朝埃默里大喊，他正护着马鲁奇的脑袋，也许他在想，如果马鲁奇保持镇定，其他狗狗也会保持镇定。

"还好。"他喊道。

我们就这样蹲了很久很久，但也只不过是在坚持罢了。我想知道，为什么风也要为难我们。我的背上似乎有千斤的重担。帐篷要把我们吸走了。尘土落在帐篷上，挤压它，想把帐篷夷为平地，提醒它这是自己的地盘。渐渐地，风小了一些。

"好了，"我喊道，松了一口气，咳了起来，"一切都好了。"

我坐起来，但一声巨大的咆哮压在我们身上，我被推倒在狗狗们的身上。帐篷裂开了！我的头发飞了起

来，我用一只胳膊紧紧抓住沃尔夫，另一只胳膊抓住埃默里的腿，我的眼睛紧闭着，眼皮上全是尘土，我把脸埋在沃尔夫的毛皮里。一个睡袋从我的腿下滑出来，然后被吹进了野外。尘土刺痛着我的脖子和手，此时我摸不到其他的狗狗，就像它们被吹走了一样。但我不能放开沃尔夫或埃默里，去找狗狗们，或者睁开眼睛。破烂的帐篷在我头上鞭打，尘土刮擦着我的脸庞。突然，风停下了，在猛击了我们几分钟后，风突然放弃了。

狗狗们的嗥叫声在大地上回荡。尘土纷纷落下，像一场柔和的雨一样拍打着我。我们又活过来了。

我放开埃默里的腿，擦了擦眼睛。尘土纷纷扬扬地从我头上掉下来。埃默里没事，他坐起来了。沃尔夫在我旁边打喷嚏，它站起来，晃了晃身体，为模糊不清的尘雾又增加了一团灰尘。其他狗狗纷纷跑回来，查看我们是否安好。

我们从破烂的帐篷里爬出来。狗狗们在周围飞奔，通过嗅闻和打喷嚏的方式查看周围的一切。安全后，它们才摆脱了恐惧。天上依然飘着很多灰尘，依然刮着风，我拍了拍衣服上的灰尘，咳嗽了一阵，然后帮助埃默里站起来。我们环顾四周，灰尘像雾一样笼罩着大地。

"我们得赶紧走。"埃默里说。他用没受伤的胳膊摆正狗狗们要拉的雪橇车。车绑在灌木树丛上，也被风掀了个底朝天。

"什么？"我惊讶极了。

"我说，今天晚上我们本该出发的。但是，你看，现在我们什么也看不见，所以就是现在，我们应该出发了。没人能看见我们。"

"但是妈妈说了，等到明天！"

"我们没有食物了。我们的水罐也不知道刮到哪里去了，帐篷也坏了。我们得赶紧走，趁我们还走得了。"

我看了看周围。被撕烂的帐篷里只留下了埃默里的睡袋，步枪，还有一堆挽具，他曾经躺在那里。埃默里护住了它们。我什么也没留下来。我的连帽衫、我的睡袋，甚至连平底锅和水罐，也全都不见了。

我顺着风吹的方向走，想找到水罐，或者平底锅、睡袋什么的。但是，到处都只剩下红色的尘土。

"我们可以再花些时间把营地建起来，要么现在就

出发，埃拉，"埃默里站在我身后，建议道，"你觉得怎么样？"好像他说出来的是一个请求，而不是命令。

我在心里计算着我们还能支撑多久，我们七个都坐在这里，等待爸爸和妈妈的到来，没有食物，没有帐篷和睡袋。我点了点头。"我先来挖洞，这样，我们还能在出发前喝点水。"我说着，走向河岸边。

想找到那个洞在哪里，真不是一件容易的事。马鲁奇跑过来，我指了指地面，让它去闻那片土地。终于，它找到了那个地方，开始用爪子挠起来。我们的洞还在这里，只是塌下去了一点，上面还覆盖着棕褐色的泥土。

我们都喝了不少水，我和埃默里弯下腰，用一只手舀水喝，好像之前没喝够似的。最后，我把一节帐篷杆插进洞里，就插在正中间。这样，如果妈妈真的顺着这条路回来，她就会找到这里。

我给狗狗们戴上挽具，扣紧它们身上的卡扣，再卷起睡袋，连同步枪一起塞进网兜。车把上的袋子里仍然装着刀、打火机和其他一些东西，但我们剩下的东西不多了……我们的地图也不见了。

"我们该怎么确保按照路线前进呢?"我问道。

埃默里眯着眼睛看着前面飞扬的灰尘,说:"我想,我能从这里知道。"

当他盘着脚坐在网兜里时,我把雪橇车推出来,朝狗狗们大喊:"站成一排!"然后又喊:"出发!前进!全速前进!"狗狗们拼命朝前拉车,爪子在泥土里前行,直到雪橇车动了起来。我们又出发了,两个孩子和五只大狗狗,朝红色的尘土出发,希望一切顺利。一切都会顺利的。

第三十四章

我们都变成了野孩子

等到太阳向地平面下沉的时候，埃默里的脸因疼痛而皱了起来。他盘坐在网兜里，眯着眼睛看着周围的村庄，让我看看是否有一条土路，或者一排树，那就意味着可能会有一条小溪。每次我回应他，他就会说："向右靠一点，小奇，靠右一点。"好像这其中含有深意似的。他说这话的时候牙关咬紧，好像他的下颌都被锁死了。

终于，他哭喊了出来："我再也受不了这些颠簸了！给我找个棚子或者什么地方。你去把爸爸找来。"

"停！停！"我冲狗狗们喊道。就这样，雪橇车停了下来。我们在空无一物的旷野中停了下来。

"我不会离开你的，埃默里。"我说，"无论如何，你是唯一一个知道那条通往蘑菇洞穴道路的人。我们要继续赶路，就像妈妈说的那样。"

埃默里挣扎着从雪橇车里爬出来，躺在尘土中呻吟。我把狗狗们松开，也坐了下来。它们下午不应该再继续赶路了。它们不适合在炎热的天气中奔跑。

"加油，埃默里！再撑一会儿，你就能睡觉了。我们会一点一点做到的。"我扶他坐起来。他强撑着，又坐回雪橇车里。

"出发，狗狗们！全速前进！全速前进！"我喊道。狗狗们再次出发了。它们一路慢速小跑，舌头伸出来，喘着粗气，好像它们会一直保持这种速度前进。沃尔夫也非常疲惫，它没有戴挽具，但是它一直低着头向前跑，头几乎要钻进熊仔的胸腔下，好像只有这样才能找到一些安全感。它没有拉车，我并不介意，如果它自己能一直向前跑，而不是坐在雪橇车上给其他狗狗增加负担，这就足够了。如果埃默里能一直告诉我朝哪个方向走，这也足够了。我们都尽力做到了最好。

尘土扑面而来，拍打在我的脸上。埃默里一直在

咳嗽，咳到他站了起来。风刮得更猛了。巨大的旋风从光秃秃的大地上席卷而来，所有的狗狗都低着头小步快走，时不时打几个喷嚏。我很担心再刮一场大风暴，但一场大风暴至少能隐藏我们的踪迹，尤其是对那些坏人来说。

我们继续前进，往低处沟渠里走。走到另外一边，走过一些棚屋和农场建筑。我的眼睛里都是沙子，只能一边眨眼睛，一边查看周围的情况。我们扬起来的灰尘打着旋，融入周围飞舞的沙尘里。我们把雪橇车驶入一个看起来非常荒芜的农场，我尝试打开棚子附近的水龙头，但水管里没有一滴水。因此，我们只在阴凉处休息了一会儿，就继续前进了。我心里琢磨着，肯定有一只狗会因脱水而崩溃。

埃默里背对着我坐着，双脚放在网兜里，一副懒洋洋的模样，也不再给我指路了。当我看到一个水坝时，狗狗们的脚爪正抓挠着地上的尘土。那边有一棵扭曲的老柳树，树的一侧是一条漂亮的高堤，堤边长着一小簇灌木丛和野生的棕色牧草。这是我们看到的第一棵真正的牧草。

"向左转！"我说着，让狗狗们朝那边走去。到了树下，我让狗狗们停下来，自己也下了车。草地上有动静，我抓起猎刀和一根树边的棍子，径直朝那里跑了过去。是一条蛇！一条很大的蛇，但显然它并不欢迎我的到来。它朝我扑过来，我向后跳了一步。我一只手抓着刀，另一只手拿着棍子，我不知道应该怎么办。这条蛇可以喂饱狗狗们。

马鲁奇在我身后咆哮，埃默里一边抓着它不让它靠近，一边叫我回来，让我赶紧躲开。但是我必须杀死这条蛇，马鲁奇一旦靠近它，就会被它咬伤。我不是一个捕猎者，不想杀死任何生命，但是在这个除了尘土一无所有的地方，这条蛇不可能溜走。我拿起棍子向下戳，试图叉住它的头，但它冲向棍子。我拿穿着靴子的脚踩向它，但它躲开了，又冲我的腿扑过来。它一口咬住了我的牛仔裤，我立刻用另一只脚踩住它的身体。我必须阻止它，它在我的靴子下扭动着身体，试图反咬我一口。我用棍子使劲朝它的头敲去，然后用刀刺穿它的脑袋，直直地插在地上。因为我将双脚和双手都转向了同一个方向，身体失去了平衡，所以我也倒了下去。我

双膝盖着地，看着大蛇的脑袋插在刀上，身体不断地扭动、抽搐。最后，它死了。

蛇可以填饱狗狗们的肚子了！我笑了起来，惊恐的泪水顺着脸庞滑落。在分割蛇肉的时候，我的手依然在不停地颤抖。我把蛇切成七块，一块给我，一块给埃默里，剩下的分给狗狗们。我为狗狗们解开卡扣，除了沃尔夫。我把沃尔夫带到埃默里旁边的睡袋处。我分给每只狗一块蛇肉。埃默里看着我，背过身去。他流着眼泪，大口嚼着手里的肉，像狗狗们那样。

"我们终会学会了如何用脑袋走路。"他说完笑了起来，好像他觉得咀嚼生蛇肉一点也不有趣。

"或者变成狗狗那样。"我说着，在他身边坐下。

"汪！汪！"他附和着，脸上还挂着泪水。

我想，我们都变成了野孩子。

第三十五章

埃默里的故乡

蛇的皮肤紧实而温暖，蛇肉却很恶心。但是我的胃里空荡荡的，从内向外翻腾着，让我痛不欲生，它不停地提醒我，随便塞些什么东西进来。所以，我屏住呼吸，不闻蛇肉的味道，从骨头上啃下一小块肉，在嘴里嚼啊嚼啊，直到这块肉变成一摊肉泥，然后再吞下去。

狗狗都吃完了，它们都跑到我这儿，围着我转悠，看看我是否剩下什么可吃的东西。我将那些啃不动的皮和骨头，分给了狗狗们。然后，所有的狗狗都去堤坝里喝了水，弄得自己的腿上都是泥巴，整个下半身都变成了黑色。喝完水后，它们来到我们身边，在树下伸展着

四肢，进入了梦乡。

我们也蹚到堤坝里，喝了一些水，又嚼了一些蒲草，一直嚼到下巴酸痛才肯停下来。然后，我也睡了。刀放在我身侧，步枪放在另一侧，还有五只狗狗守护着。风拍打着我们周围的树枝，即使这样都没有把我吵醒。我实在是太累了。

当第一缕微光出现时，我醒了过来。我和马鲁奇爬到高堤上，向周围望去。狂风还在肆虐，把马鲁奇的毛发吹开，把尘土吹进我的眼睛里。尘土是唯一在外面移动的东西。

我备好雪橇车，拴好狗狗，准备再次出发。我检查了狗狗们的爪子，可怜的乌贼，它的后爪裂开了一道口子。难怪它之前一直舔这只爪子，还好它没有一瘸一拐的。我拿出刀，割下 T 恤前面的一块布，从埃默里胳膊上借来一条巨大的银色胶带，把布缠起来，给它做了一个小靴子。

埃默里的眼睛下方出现了乌黑的黑眼圈，嘴巴因为干燥而裂开一道口子。他又去喝了一次水，然后才返回雪橇车上。当清晨的太阳刚刚爬出地面，出现在我们的眼睛里时，我们又出发了。

我们走了整整一个早晨。每隔一个小时休息一次。中午，我们在一棵年老的大树下小睡了一会儿，然后继续出发。我疲惫到甚至无法一直保持警惕。看见一片一片的棕色牧场也不能让我兴奋起来了。我们穿过杂草丛生的土地，在有刺植物的阻碍下苦苦挣扎，杂草的尖在雪橇车上轻轻滑动，因为我无法驾着车绕过它们。我的头变得很重，我几乎快要抬不起来胳膊了，我的腿也疼得坐不下来，嗓子里全是沙土，又干又疼。狗狗们低着头，小步向前跑。我们都被泥土、灰尘和饥饿的肚子折磨得喘不过气来。我们都渴得要命，虚弱到能被一阵风吹跑。但是，马鲁奇突然转了一个弯，发出一声低沉的吼叫，然后停下了脚步。我及时拉下刹车。有个人站在那里，就在一簇灌木丛旁边，拿着一把手枪，对准我们。

"你们要到哪里去？"他喊道。

埃默里闪电般地站了起来。他还是那个大哥哥。"我们只想借过一下。"他喊道，"我们不想惹麻烦。"

"你们要去哪里？"那男人喊道。

"去我妈妈那儿。"埃默里回答。

"她叫什么？"那男人问道。

"这不关你的事。"埃默里说。

那男人笑了起来。"我好像在哪里见过你的脸。你是克里斯马斯的儿子吗？"

埃默里点点头。"你认识我妈妈？她还好吗？"

"我两天前才见过她。"他说，"她时不时会拿些蘑菇和南瓜出来换肉。"他举起另一只手，他手里竟然有四只尾巴绑在一起的负鼠。"土地上有什么，我们就吃什么。"

"我们还要走多远才能到？"埃默里问他。

"走路的话，还要三个小时。"那男人回答。他歪着头，看了看狗狗们。"你们也许只要花两个小时就够了，如果这些骨头还够你们继续往前走的话。"那男人解开负鼠，给我们递过来两只。

我跳了下来，跑过去拿负鼠。

"谢谢你。"我说。

"你们两个男孩看起来像是去打仗了。"他说。

我低头看了看自己，到处是泥巴、灰尘，衣服破破烂烂的，身上还残留着蛇血。我点点头，说："那边有坏人。"

那男人点点头。"你们应该继续走，看看你们多久能到。也许在今晚天黑前，你们就能到家。我会告诉其他人，让你们顺利通过的。"他拿出一面小镜子，朝远处一座山上闪了一下，山那边也反射了一道光回来。

"告诉克里斯，是迈克借给你们两只负鼠。"那男人说，"她会还人情给我的。"他眨了一下眼睛。

我笑了笑。我们终于碰上了像我们一样善良的人。"谢谢你。"我再次向他致谢，然后冲狗狗们喊道："出发！全速前进！"我们出发了，我朝迈克挥了挥手。

"我们不能直接去家里。"埃默里小声地对我说，"这可能是一个陷阱。"

"什么？"我惊讶极了，我感觉现在我们已经来到了友好的地方。我们已经来到了一个人们有充足的食物，还有人熟识埃默里家人的地方。"一只狗的肉可比一只负鼠多多了。"埃默里说。"不！"我说。但是，我知道他说的是正确的。我知道我们现在不能相信任何

人。我只是太累了，还要继续走下去，没有人能帮我们。

"我知道一个地方，我们可以先去那里躲起来，离妈妈家不远。"他说，"如果我们能走到那里的话。"

山谷周围闪烁着灯光。我十分害怕一群有组织的人伏击在暗处，没人告诉他们，我们可以通过。我现在真的害怕极了，即便我的身体里已经没有什么水分可以浪费，但眼泪还是止不住地从脸上滑落。但是，我依然按照埃默里告诉我的路，驾驶雪橇车前进。过了一会儿，天快黑了，埃默里下车步行，马鲁奇拉着雪橇车走进一条老路旁边的沟渠，那里有一堆巨大的水泥管道，还有一条涓涓流淌的小溪。

"早在几年前，人们就把这些管子扔在这里了，本来是为了在路面下铺设水管之类的，"埃默里说，"但是，后来他们什么也没干。"

我把狗狗们从雪橇车上解下来，又把车藏在一条水泥管中。我蜷缩在管子的开口处，切开两只负鼠，赶紧把它们喂给狗狗们。

然后，我们在坚硬而冰冷的水泥管中铺开睡袋，蜷缩在上面。一个挨一个，狗狗们也挤过来，争相为自己占据一个温暖的角落。没有了连帽衫，我只能靠着一个毛茸茸的后背取暖。

公路上，一辆车慢慢驶过，压得路上的石子嘎吱作响，水泥管外的世界灯光闪烁，摇晃的灯光围绕村庄舞动。狗狗们的喉咙里发出呜呜的声音，它们已经很久没有听汽车的声音了。

第三十六章

躺在地下的人

天空刚刚出现第一缕亮光的时候，马鲁奇叫醒了我，用它那湿润的鼻子蹭着我的脸。原本睡在我旁边的埃默里不见了，他不在睡袋里。我从巨大的水泥管道中爬出来，看见他在那儿站着，托着胳膊，向四周张望，好像知道他身在哪里似的。看起来，睡一觉让他恢复得不错。也许他只是因为到家了而兴奋吧。

"快过来，"他说，"在太阳升起之前，我们要走到那些洞穴里去。即便妈妈不在那里，至少我知道周围的路，没人能抓住我们。"

"他们是好人。"我说，"我们一路都走过来了。"

埃默里摇了摇头。"即使努力也不一定成功，贝儿，有时候，事情不一定往好的方向发展。"

"我知道，"我说，"来的路上，我就知道这些了。你不是看见了吗？那时候我驾着车，带着狗狗们一直赶路，还给你吃了一块生的蛇肉。"

"是的，"埃默里说。他抓过我的手，在手心摩挲着，就像爸爸经常做的那样。"你学会了用脑袋走路，而且做得很棒！"

我笑了笑，快速整理好雪橇车。即便埃默里站在那里对我说，如果想快一些，最好跑着去，但是，对他的胳膊和头来说，雪橇车的颠簸没有跑步的颠簸那么糟糕。而且我们俩都不可能跑得像狗狗那样快，即使是一只狗拉着车载我们那样快。

我们出发了，身后是灰色的天空，渲染着一层崭新的晨光，仿佛雾蒙蒙的玻璃随着时间的流逝逐渐变得清晰。晨光追逐着我们，直到我们进入黑夜，把大部分旅程都隐藏起来。

这里竟然生长着更多的野生牧草，一簇簇，棕色的、黄色的，好像这就是它们本来的模样，好像它们已经在这个古老的国度存在一百万年了，我敢打赌是这样

的。它们在真菌占领大地之后还活着，在杂草丛生的土地中舒展着身体。

我们面前的那座小山坡上，时不时有些小袋鼠一跃而过。雪橇车继续前进，埃默里大声喊着："快跑，小奇！快跑！"好让被饥饿冲昏了脑袋和胃的马鲁奇保持清醒，不要去追赶袋鼠。

"等到达安全的地方，我们有足够的时间捕猎袋鼠。"埃默里说。

我猜昨晚喂它们吃的负鼠很有帮助，因为狗狗们听从了埃默里的话，我们继续向前走。

我们走进两座小山之间，穿过了一条干涸的河床。这里所有的树木都变得焦黑，仿佛曾经着过一场大火。我和埃默里跳下车，一路走着。遇到凸起的石块，我就抬起雪橇车。然后，埃默里驾着车来到了山顶，我在他旁边一路小跑，手扶在车把上操控方向，因为狗狗们都累得够呛了。

快到山顶的时候，我跟在雪橇车后面吃力地攀爬。一路跑着上山，我实在是太累了，我的腿连一节台阶的高度都抬不起来了。

如果现在能饱餐一顿肥美的烤袋鼠肉，那真是绝妙的事情。我真想再去捉一只袋鼠。

阳光也追上了我们，所以现在我们能看得很清楚。黄色的牧草从这里延伸下去，一望无际，好像真菌从未来过这么远的地方似的。"墨菲的农场就在这下面。"埃默里指着远处告诉我，"他们靠养羊、卖羊肉为生。那时候，这里到处都是羊。前几年的夏天，我都会来这里帮他放羊。"我们走过去的时候，他盯着一个铁皮大棚和长方形的砖房看了半天。"我想，这里面应该没有人。"这里的棚子和所有的栅栏都是焦黑的。

他看了看周围，告诉马鲁奇："快点跑，快点跑。"我们离开了墨菲那些空置的农场建筑。地面上下起伏，我紧紧拉着刹车。直到我们来到一个小山坡的顶端，埃默里才对狗狗们说："停！"他低头看着一栋方形的、脏兮兮的白房子，旁边有几个大棚子。白房子的周围环绕着几辆破旧的车和一些生锈的铁罐，仿佛四周被围上了一堵高大的围墙，只有两条土路通往那里。

埃默里深深地吸了一口气，然后缓缓地吐了出来。他盯着那里出神，好像不知道下一步应该怎么做。

"那是你外公外婆的房子？"我问。

他点点头。"妈妈说，这里没有什么我能做的。但是，我很开心能留在这里工作，照看蘑菇长大。你看见那个老式的白色大面包车没有？"他指着一辆高大的面包车给我看，车的一侧是红色的泥土，共同构成了房子周围的高墙。"妈妈以前都开这辆车去城里卖蘑菇。"

房前的草坪上有一个土堆和一个巨大的罐子，罐子上写着什么字。它看起来像一个坟墓。我离得不够近，看不清楚上面写着什么。那个词看起来没有"克里斯马斯"那么长。埃默里整个人变得像石头一样冷峻。他面无表情。他应该也看见了。安慰他的话，我一个字都说不出口。在我看来，他不想相信他所看到的。他的眼里充满泪水。我们应该继续向前走的。

我朝周围看了看，现在我们正站在高处显眼的地方。"你觉得我们应该留在这里吗？"

"不，我们应该继续往种蘑菇的洞穴走。"他回到雪橇车上，赶着狗狗们离开这所房子。他喊道："出发！向左转！"好像他现在很害怕这栋旧房子，以及躺在地下的那个人。

第三十七章

埃默里的海滩

我们一路穿过蓬松的棕色牧草，走过低矮的小树丛，一路蜿蜒曲折，最后来到一片平坦的土地。远处成千上万的灌木丛中，深绿色的草地像一块绒毯。其中有一处奇怪的粉红色河岸，仿佛不久前它下面的土地倒塌了。

"那里就是洞穴吗？在那个河岸边？"我问。

埃默里摇了摇头。"它们在这里，就在我们脚下。河水把洞穴所在的这块土地上下切分开。从表面上看，这里什么都没有，顶部非常干燥，但是下面的土壤却非常湿润，湿润到能长出蘑菇。外公……"他突然停了下来。他哽咽了。他知道躺在前院草坪下面的人就是他

的外公。"外公买下这栋房子的时候还很年轻，也很愚蠢，外婆是这么说的。尤其是当他知道这块地里有个秘密的金矿，他从没有找到过任何金子。无论他从哪里向下挖，都只有流淌的溪水。所以外婆买了一些原木，开始在矿井里种植蘑菇。外婆带着妈妈选出的好蘑菇，带到天鹅丘卖掉。妈妈告诉别人，她们是在棚子里种的蘑菇，因为这些矿井很可能是非法的。除非你掉进去，否则根本看不出这些旧矿井的存在。"

"我们可千万别掉进去。"我说。

埃默里引导狗狗们沿着灌木丛前进，他时不时对狗狗们高喊："停下！""向右！"对我说："向左转！""向右转！"后来，他不得不自己抓过一个把手，亲自掌控方向。

愤怒正笼罩着他。我不知道他脑子里在想什么，但我猜，他的外公去世了，真是一件很不幸的事。

我们蜿蜒进入灌木丛的更深处，一条逼仄的小溪流过一小片混凝土空地。混凝土路上满是石头，残缺的、闪亮的石子镶嵌在混凝土里，河水不停地拍打着路面，让它们的颜色看上去更暗了一些。

"这就是之前挖矿时留下来的。"埃默里说着，向那里摆了摆手。"停！"他让狗狗们停了下来，"我们就把车停在那里，停在灌木丛下面，再给狗狗喝点水。"埃默里指向一块在一棵粗糙的老灌木丛下的光秃秃的土地。于是，我把狗狗们依次解开，让它们去小溪里喝点水。我也去喝了水。终于能冲掉我喉咙里的灰尘了，这真让人开心。

我很害怕，害怕万一说错了什么话，惹埃默里不高兴。他的身体僵着，仿佛就快失去自己的身体了。他当然会这样。他过了这么久才回到这里，好不容易才做到了，他的外公却已去世了。

埃默里弯下腰，也喝了一些水。他抬起头看着我。清晨的光线让他深色的虹膜变得苍白而透明。"这就是我们一直以来要找的地方，贝儿。"

我点了点头，却笑不出来。如果你历经艰辛终于到达了所追寻的地方，你爱的人却已经不在了，那怎么能是一件开心的事呢？

我拿起步枪。"矿井在哪里？"我问他，但是埃默里并没有回答。他从那条小溪里蹚水过去，走到旁边一条

破旧的小路上。那里曾经有个旧棚子，里面摆着桌子和长凳，所有这些被粉刷成不协调的绿色和棕色。

"这个棚子曾经是白色的，"埃默里解释，"我们在这里放储存桶。我们摘完蘑菇，把它们摊在桌子上，然后再装储存桶里。"

"这是个好迹象，对吧？"我问道，"他们还有时间粉刷这里，好让它们不那么显眼。"

他带着我在周围转了一圈，又朝下走了几步，来到了矿井旁。矿井边沿铺着木板，隐藏在一丛被砍倒的灌木丛后，成摞的树枝在洞口处堆积着。埃默里拉开一根大大的枝条，走进了竖井中。

这里乱七八糟的，就像一个巨大的兔子洞。这里并不是直线向下的，但是形状是正方形的。巨大的木头块像铁路轨道一般铺在向前延伸的隧道里，排列在大门的上方和两侧。狗狗们在我们的身后徘徊，用鼻子到处嗅来嗅去，试图检查周围的一切。我从口袋里拿出打火机，递给埃默里，以防他需要它。"向下走十二步，"他悄悄地告诉我，"然后地势就会变得平缓。我先过去看看下面有没有人。"他伸出手，朝我钩钩手指，意思是让我把步枪递给他。

我摇了摇头，递给他一把刀。"你用一只胳膊没法开枪。我也要去。"我没告诉他，我用两只胳膊都不行。

埃默里翻了个白眼。"你别绊倒了，会走火的。"他说。

"别担心，"我说，"我走路稳得很。"

他朝我吐了吐舌头。然后，他把手指放在嘴唇上，一步步走下竖井。我跟在他身后，马鲁奇紧跟在我身后，它的脑袋时不时戳到我的屁股。下面的空气很凉爽，不过有一股霉味。

黑暗中，埃默里走在我前面，我不知道前面还要走多远。我们一直走，直到他点燃打火机，洞里亮了起来。

"这里没有人。"他说。但是，我并没有看向他。墙上排列着一些奇怪的原木架，从这些奇怪的绑着细线的木头中，生长出成百上千个闪闪发光的白色蘑菇，弯弯曲曲的长茎上遍布着精致的波浪形"帽檐"。它们从墙上探出脑袋，脑袋上戴着白色小圆帽，异常平行和完美。它们从墙上伸出来的姿态让我想起了一堆盘旋而来的外星宇宙飞船。这些还是地球上的食物吗？我揪下一个"小帽子"，塞进嘴里。嚼起来很干燥，让牙齿吱吱作响，但它是食物。

"这就是蘑菇。"埃默里说，"它们看起来很健康，所以还有人在照顾它们。"

马鲁奇闻了闻这些蘑菇，熊仔也这么做了，其他狗狗们都跟在它们身后。我吃掉一个后，它闻了闻我，好像并不确定这是能吃的东西。我鼓起勇气，从原木上扯下另一个"小帽子"，掰开，喂给马鲁奇。它饿极了，什么都能吃下去，但是它张开嘴，嚼了嚼，然后把嘴巴扭到一边，好像在说这不是它喜欢的口味。

我又抓了一把蘑菇，把它们掰碎了扔在熊仔、奥伊斯特和乌贼面前，就连沃尔夫也在阴影中闪动，它不想独自待在一边。"过来，沃尔夫，"我说着，给它掰了一块蘑菇，"在我们捕到肥美的袋鼠之前，先尝尝这个。"

乌贼仔细地品尝了蘑菇的味道。它从墙上的架子上咬了几块蘑菇，咀嚼几次，就用舌头把它们顶出来，然后再把它们从潮湿的洞穴地板上捡起来，吃掉，再吐出来。反复几次，好像不确定自己到底是该把它们吃下去，还是吐出来。它可真是一只大呆鹅。

埃默里叫了一声，把拇指从火热的打火机上移开。

"现在要做什么？"我在一片漆黑中问道。

"拿上睡袋，我们要去另一个隧道，在那里等等，看谁会过来。大多数蘑菇不需要额外浇水，但是这些蘑菇来自亚洲潮湿的山林，它们需要喷点水雾来维持生长。"

我跑出去，从雪橇车里拿出睡袋，然后再跑回来。埃默里带领我们又走了一段路，沿着一条小水道进入另一条隧道，最后前面出现一盏灯。这是从岩石间的裂缝里照进来的一道光。

"这条隧道就是因为水对岩石的长期溶蚀作用形成的，多年来，河水一直在冲刷这里。"他说。埃默里从裂缝中跻身过去，两侧的岩石都很光滑，好像很多人都从这里挤过似的。我也跟着他从这里挤过去，同时把马鲁奇的头往后推了推，因为它以为我们可以同时从这里挤过去，它不想等到我把睡袋拖过去再进来。

这个洞穴到处是淡粉色和白色的岩石，上面锯齿状的裂缝中照进来的亮光让这里足够明亮，这里也足够宽敞，所以我可以伸出双臂走路。若是向两侧伸出手，就会觉得它变得更宽了，不过就一点点而已。地上是灰白的沙子，墙上有一面是掏空的，几乎和我们帐篷的形状一样。

"这里就是埃默里的海滩，"埃默里说着，轻轻地扬起了嘴角，好像在回忆过去美好的时光。

"所以，你拥有自己的海滩？"我惊讶地说，"你竟然从来没有跟我提过这个地方？"

埃默里耸了耸肩膀，说："这是一个秘密基地。"

拥有一片在地下的海滩可真奇怪，而且光线是从上方的岩石裂缝中照进来的。这里不像普通的海滩那样温暖，或者阳光充沛，这里冷极了。

"不过，这里并不那么隐秘，头上的光线照亮了矿井的尽头。"我说。

"是的。"埃默里同意我的说法，"当我还是个小孩时，假装这里是秘密基地。当时我差不多和你一样大吧。"

"哈哈！"我笑了起来。过去两周中，我可没时间假装像个小孩。

　　我们轮流坐在黑暗的蘑菇矿井中，守着步枪值班或蜷缩在睡袋上睡觉。狗狗们围着我们，我的手指缠绕着马鲁奇的毛皮，心里充满了安全感。

　　没有人来给蘑菇浇水。我抬起头，一遍一遍地对着上面的人喊："你好，克里斯马斯？是你吗？"这一幕在我的脑海中至少上演了一百万次。

第三十八章
一只黑色的袋鼠

当埃默里海滩上方的光线不那么刺眼了，埃默里说，我们应该去捉一些负鼠或者袋鼠给狗狗们吃。但是，这个想法没那么容易实现。埃默里不能跑，我无法切开任何一个动物的喉咙，哪怕是为了让它们减少一些痛苦。我甚至都不能想这件事，除非那是一条蛇，而且它即将咬我一口或者咬狗狗们。

如果狗狗们捕捉到一丁点风声，它们肯定会在那里嗷嗷乱叫，这样周围的人就都会知道，灌木丛里有一群狗。他们可能还会跑过来看看。

"狗狗们今晚就吃蘑菇吧！"我说，"直到我们知道周围谁在附近。捕猎的声音太大了。你在这里让它们保持安静，我再走回房子那儿看看。"

"埃拉，不要！"埃默里说，"我熟悉这周围的路，应该我去。"

我摇了摇头，把步枪递给他，说："你不能跑步。"

"妈妈还有可能藏在另一个隧道中。她可能根本不在那座房子里。"埃默里说。我们在地下等待了一整天，好像他已经为此做了最坏的打算。

"如果我确认屋里没人，我们再去别的地方看看，明天再看。"我说。

"埃拉，我要和你一起去。"他说。他的手指紧紧地抓住我的胳膊，都把我弄疼了。

他真的需要知道到底是谁去世了，埋在那里。还有，谁还活着。

"我知道，"我说，"你想知道很多事情。但是我需要你让狗狗们保持安静。我能做到的。我就过去看一眼，然后马上就回来。"

"那你带着马鲁奇，它能保证你的安全。"

我点点头，同意了。因为我也担心自己会在黑暗中迷失方向。马鲁奇能帮助我找到回来的路，穿过那些灌

木丛，找到埃默里。

所以，又是我和马鲁奇一起出发了。走路时，我的手紧紧地牵着马鲁奇的项圈。我们在树丛中摸索着，朝房子的方向前进。

我们偷偷爬上去，一直走到房前的最后一个灌木丛。迈克，那个给我们负鼠的人，正大步走在路上。他一个肩膀上挂着步枪，另一个肩膀上挂着一只小袋鼠和几只负鼠。他走到那辆旧货车附近，拍了拍门。

"克里斯！"他喊道。我的心脏怦怦地跳了起来。她在那里，太好了，一切平安！

"等一会儿！"克里斯在屋里喊道，然后她走到台阶上。看见她的那一刻，我的心脏快要跳了出来，眼泪淹没了我的眼睛。然后，她消失在铁罐和老爷车做成的栅栏后。滑动的货车门发出一阵刮擦声，然后她钻进了车里，坐在迈克拉开的车门的另一边，在窗户边坐下。

"那两个男孩回来了吗？"迈克问，他的声音弥漫在傍晚的空气中。马鲁奇轻轻地发出一声吼叫。

"什么男孩？"

"你儿子，另外还有一个男孩。"迈克说，"还有一群狗。"

"埃默里？"克里斯喊道，她的声音里充满了期待。我几乎就要跳出来，跑到那儿对她喊："是我们！我们在这里！我们很好！"但是马鲁奇一直冲迈克叫，小奇总是知道一些事。

"不论他们走到哪儿我都能认出来。他就在来这里的路上，现在应该到这里了。我给了他们两只负鼠，所以你欠我的。"

克里斯朝外面的原野上张望，好像在寻找埃默里。我弯着腰偷偷钻进灌木丛。"他没有到我这里啊？"她说。

"他们走在我前面，这俩孩子肯定藏在什么地方了。不过，我给了他两只负鼠。这可是你欠我的。"

"那是当然。如果你真的帮助了埃默里，我会很乐意给你一些蘑菇。"克里斯说。

"如果？你什么意思？"迈克咆哮了起来。

"我的意思是，我肯定你这么做了。"克里斯说，她的声音谨慎而镇定，好像迈克是个危险人物，"我已经把今天摘的半桶给你了，但是剩下的那些，现在摘掉还

太早了，它们还要再长几天。过两天我可以再给你半桶，还有一个南瓜。"

迈克点了点头。"谢谢。你想换些袋鼠吗？"

马鲁奇不停地发出躁动难耐的声音，它拽着我的手，好像打算行动似的。我把它拽了回来。

"我没有蘑菇能和你交换了。"克里斯说，好像她根本没有那些满满一洞穴的蘑菇，"你在这里等等，我从棚子里给你拿另外半桶。"

克里斯从面包车上下来，重重地关上了身后的车门。然后，她匆忙来到房子后面，朝周围的山丘上张望，似乎在寻找埃默里。旁边山上的某个地方，有一道光一闪而过。可能是迈克的人，但迈克没有看到。

"别让那个黑心的马匹交易员把你榨干了！"一位老太太在房间里大喊道。埃默里的外婆也在。

克里斯很快从棚子那边回来了，手里拎着一个白色的桶。

马鲁奇哼哼唧唧地叫着，使劲拉着我走。当克里斯抹掉脸上的泪水时，我跟在她身后，却一不小心摔倒了，脸上沾满了干草。我爬起来跟在她后面，但是我太害怕了，根本不敢喊她的名字，防止迈克突然转过身来。

我们朝房子那边冲过去，我想，也许马鲁奇知道有些事情会发生，或者知道克里斯是埃默里的妈妈，因为它发出快乐的叫声，就像它见到我们其中一个人向它打招呼那样。但是，它摇摇晃晃地跑出去，离开了这所房子。

迈克听到叫声，警惕地朝周围看了看。他放下了手中的袋鼠和负鼠。我突然不再追马鲁奇了，而是径直朝迈克跑过去。他离得太远了，而且他开始做一件我永远不想看到的事情。他把枪从肩膀上扯下来。他把小奇当成了什么？一只黑色的袋鼠吗？

第三十九章

闪光的山丘

我的腿跟不上我的身体。迈克从他的口袋里拿出来一个闪闪发光的东西，装进他的步枪中，然后他的手再次伸进口袋。我飞快地跑着，无法呼吸，没有空气，甚至连尖叫声都无法发出。他举起了步枪，对准了马鲁奇。我张开嘴巴，却没有发出声音。步枪举得越来越高，他瞄准的不是马鲁奇。枪口正对着大路。然后，山坡上出现一阵闪光。昨天晚上，整个山丘都像被照亮的镜子一样闪闪发光，一定有事发生了，但是我不知道是什么。

一辆自行车沿着大路慢慢地、静静地驶过来。车上有两个人，一个高个子的女人和一个瘦小的男人，男人的脑袋像我一样剃得很光。妈妈和爸爸！我的喉咙里弥漫着轰鸣的呜咽声。

迈克正举着步枪瞄准他们，手指慢慢滑向扳机。我所能做的就是跑啊跑，一直跑，我跑得不能再快了。我大喊一声，跳了出去，我把拳头拉回身侧，向前送我的肩膀，把他从侧面撞倒。我的肩膀撞到他的肋骨，疼得厉害。他砰的一声摔倒在面包车上，步枪掉在了地上。我从他身上爬过去。他的手紧紧地攥住了我的 T 恤。我抓起步枪就跑。妈妈和爸爸看到了马鲁奇，它正高兴地叫着，一路小跑穿过那片平地。他们从自行车上下来。他们站在那里，自行车也停在那儿。他们站着不动。

爸爸总是说，在澳大利亚，很少有人能射中目标，所以如果你有很长的一段路要跑，那就一直不停地跑。但现在他却站在那里，静静地站着，他根本不知道周围有枪正对准他和妈妈。

"那些山上！"我喊道。不过也许他们根本还没有看见我，也许，在马鲁奇的叫声中，他们根本听不清我在喊什么。

突然，砰的一声，山上的某个地方射来一发子弹。

爸爸妈妈面前的路上石子飞溅，撞在自行车的塑料壳和金属上，砰砰作响。他们惊慌失措，弯腰躲在自行车后面。

我和马鲁奇，我们还在奔跑。马鲁奇放低了身体。经历了这段时间，没有什么能阻挡它跑到爸爸妈妈身边。

我滑向一边，停了下来。

"等等！"迈克喊道。他跟在我后面跑来了。

在他身后，克里斯也正从面包车上下来，大声喊着："放过孩子们！"

我站起来就跑。我们都径直朝爸爸妈妈跑去。他们还弯腰躲在自行车后面。

"告诉你的人停止射击！"克里斯喊道。

迈克一边跑，一边转过身挥舞着胳膊，也许这样他们就不会开枪射击。

马鲁奇跑到了自行车那里。它兴奋地围着他们转来转去，想跳到爸爸妈妈身上，好像它已经有一百万年没有见过他们了。我也是，马鲁奇，我也是！

"好了！"迈克高喊着。他站在平地中央，双手撑着膝盖，大口喘着粗气。他朝山上的人举起一只手。

我上气不接下气地跑到自行车旁边。我放下枪，让自己瘫在我爱的人怀中。我喘着气，一会儿哭，一会儿笑。我从没想过还能再见到他们。

妈妈叫了起来："埃拉，宝贝，你还好吗？埃默里在哪里？"

我所能做的就是一直点头，然后笑，还有大叫。

爸爸紧紧地抱着我，他的怀抱是那么有力，我真希望能永远待在他的怀抱里。他瘦削的胳膊永远都是最安全的港湾。这是一个用电线和钢杆铸造的人，没人能杀死他。

迈克跑了过来，他捡起我扔在地上的枪。爸爸迅速爬起来。妈妈扣动手枪的扳机，瞄准他。

克里斯跑了过来，拉住迈克的胳膊，即使他仍举着枪。

"是自己人，迈克。"她说着，让他放下枪，"那是我儿子的父亲，这是他的妻子。"然后她绕到自行车后面，拥抱了妈妈，丝毫不在意她手中的手枪。然后，她拥抱了爸爸，又把我抱起来，拥抱着我。"我的儿子在

哪里？"她小声在我耳边问，想立刻就知道答案。

我知道，蘑菇洞穴的位置必须对迈克保密，所以我回答说："就在灌木丛那里。他的一条胳膊折了，但很开心地待在一个叫作埃默里海滩的地方。"

克里斯在我的脸颊上留下了一个大大的吻，然后她说："我会去找他的。"

"你需要帮忙吗，克里斯？"迈克主动说。

"不需要，"克里斯说着，朝迈克挥了挥手，"我儿子的父亲会帮忙的。他正等着要见儿子。"

爸爸咧开嘴笑了："那当然！"

"你去面包车里拿蘑菇吧，迈克。"克里斯马斯说着，语气不容反驳，"我过两天才能把答应你的剩下的半桶蘑菇和一个南瓜给你。但是从此以后，我想我们一点多余的都不会有了。现在，我们这一大家子，根本不够吃。"

我真高兴听到她说这些话。我们现在是一家人了。我们真的是一家人了，所有人都在一起。

"但是，克里斯，"迈克说，"我们都说好的，要对社区有贡献。"

　　"有了这些帮手，也许我下个月能收获更多的蘑菇和蔬菜。但是，我会带到村子里去交换。我真是受够了你那些肮脏的负鼠汤。自从我的父亲去世后，我一直待在家里照顾我的母亲，我猜，这段时间你没少占我的便宜。"

　　我深深吸了一口气。"外公死了？埃默里一定伤心极了。"

　　克里斯马斯点点头，用手摩挲着我的脸。她的手是那么温柔。她冲我眨了眨眼睛，温柔地对我说话，好像只对我一个人说出这个坏消息。"他只有依靠药物才能维持生命。后来，这些药品也运不进来了。事情就是这样。我们都知道最终会是这个结果。尤其是在他放火烧掉那片坏草之后。那次放火差点要了他的命。"

　　"他疯了，"迈克说，"几乎把所有人的财产都烧没了。"

　　"够了，就是这个疯老头和他放的那把火，还有他的种子，才让你们今天有负鼠和袋鼠吃。所以，迈克，是你欠他的。"克里斯说，"和一些房子的损失相比，所有的牧场都回来了，这是一笔划算的交易。你赶快滚

吧！省得你那些沉迷射击的朋友朝你开枪。"

迈克的嘴撇到一边，但是他还是转身走回那片空地，朝着大门敞开的面包车走去。

"他有一点说对了，"克里斯马斯说，"我的父亲一直在研究烧掉牧草的老办法，就像过去这里只生长澳大利亚本地牧草时，那些老农夫做的那样。那些该死的休眠期的英式牧草，它们全都干枯、变黑、生病了，但也让这场火烧得过于猛烈，完全失去了控制。这场火烧死了他本想挽救的袋鼠们，还烧毁了一些房屋。在这之后，那个可怜的老人还想着到周边其他地方去，为整个国家的牧场重新播种。这些事耗尽了他所有的精力，他再也没有好起来。"克里斯马斯深深吸了一口气，"之后，迈克又让我深陷痛苦之中。现在，我真高兴，你们来到了我身边。"克里斯马斯看着我妈妈，说："你能骑车赶到他前面去吗？确保他不会到面包车里面去。我不想让他在棚子那儿闲逛。"

妈妈跳回自行车上，对我说："来，一起去。"于是，我爬上后座，朝迈克的方向开去，半路上就超过了他，然后在他之前达到了面包车。马鲁奇追在我们身后，朝着我们的车轮子汪汪叫，然后又飞快地跑回爸爸身边。

　　妈妈把自行车停在面包车滑动门的正前方，坐在面包车的台阶上。等迈克来到这里，我为他摘了一篮子蘑菇，递过去。他收拾起他的袋鼠和负鼠，一脚深一脚浅地向马路的方向走去。

　　我也在台阶上坐下，紧挨着妈妈。她把我搂得紧紧的，用她的手抚摸着我又短又硬的头发。"我的宝贝把一个大男人撞倒，还抢走了他的枪，就是为了救我们，是吗？"

　　"我不再是一个小宝宝了。"我说。

　　"你做到了，埃拉！你把埃默里和狗狗们带到了这里，我真为你感到骄傲！"

　　我戳了戳妈妈，说："我也为你骄傲，你找到了爸爸，而且再也不会离开我了！"

　　妈妈笑了起来。

第四十章

挥舞的翅膀

在克里斯马斯家，我们的生活过得滋润极了，我们所有人都在一起。克里斯家的后院到处都是蜿蜒生长的南瓜，还有两年前就储藏好的成堆成堆的奶粉。她说，只有附近人家喂养不了小婴儿，她才会给他们奶粉。在饿殍遍地的灾年中，我们用奶粉煮蘑菇吃，这简直是人间美味。

当埃默里告诉她，蚁穴里放着什么东西的时候，她双手捂住脸颊，发出惊呼声，大笑起来。

"我父亲告诉我，让埃默里去蚁穴那儿！"她现在称呼他为"父亲"，而不是"爸爸"，这样就不会打扰他老人家安息的灵魂。"我原以为他是疯了！"她说，"我一直跟他说，埃默里不在这里，他却一直说，埃默里很快就会回来，好像他知道你们已经在路上了似的。”

埃默里带着我们所有人来到最近的一处蚁穴，我们合力把它打开。美丽的、圆润而小巧的谷子流了出来，在阳光下，它们像迷你珍珠，散发着光芒。光芒中还带有一丝绿意。

我跪下来，把手指埋进谷物中。一颗颗闪亮而完美的谷粒从我的指缝间掉落。谷粒间相互碰撞时，发出令人满足的摩擦声。这味道，这新鲜的味道，简直太令人沉醉了！

“我知道他种了很多这种东西，但是我真的不知道他储存了这么多！”克里斯马斯说。

我们磨碎了一小部分谷物，做了一些面包，用来庆祝我们所有人的团聚。面包外皮酥脆，内里绵软还夹有坚果。尽管面包十分好吃，我们依然把剩余的面包装在塑料袋中。克里斯马斯带着谷物去到镇上，把它们送给曾经种植小麦和蓖麻的人。她告诉他们，把这些种在土里，这样袋鼠会有更多的食物，它们会慢慢变胖，也会更健康。她还说，也许有一天，我们还能攒够足够的食

物，重新开始烘焙面包。她告诉他们，如果红色的真菌又重新长出来了，就像她的父亲曾经做的那样，烧掉那些荒草，等待草籽再次长出来。这次，大火不会再失控蔓延了，因为这个夏天实在是太热了，地上已经没有生长着的或者休眠的棕色英式杂草。

几周后，埃默里的胳膊变得好多了，他老老实实待在房子里，每天在外婆"监视"下，吃了很多南瓜汤。我想，那个时候，他一定和他的外婆坐在一起，看着窗外他外公的坟茔，聊着旧日的时光。我想，这也许能帮助他治愈心中的创伤，以及他受伤的胳膊和头顶。冬天来了，南瓜秧都死了。我们放下窗帘，睡在房间的长椅上，蜷缩在火堆旁。夜晚一直很冷，就连天气暖和的时候也是如此。我们的蘑菇快吃完了，因为我们不得不送给别人很多蘑菇。爸爸和埃默里忙着把旧木头压缩成原木，克里斯马斯和外婆整天在棚子里的实验室工作，给原木播种，在我和妈妈运送它们到矿井前做好准备工作。矿井里的温度没有什么变化，不论它的顶部多冷或者多热，所以我们还能种很多蘑菇。但是，天气冷了，镇上的每个人都只能在塑料棚下种植蔬菜。所以我们现在只能送人蘑菇，或者打欠条。我们储存的南瓜也快吃完了。我们能吃到的食物变少了很多，这种情况已经持续一阵子了。

现在，为了让狗狗们吃上肉，埃默里每天都和爸爸出门打猎。他经常随身带着一袋种子，走到哪里就撒在哪里。他说，他外公说的话是对的。埃默里的外公也一直待在这里，等待埃默里回来。他就在这片土地里，在这些他保存下来的牧草中，在他传给埃默里的智慧中，就像他的祖先在几千年前做的那样，代代相传。他就在这里，就像还活着一样。

有一段时间，爸爸和迈克的人一起在山上值守。但是，那些破旧的大路上没有太多人走过来。他们可能以为，这里干燥得什么都不能生长。那些来到这里的人，看起来已经被每一个所到之处驱逐，空洞的眼睛深深地凹陷在骨瘦如柴的脸上。于是，迈克的人告诉他们，他们可以留在镇上的旧旅馆中。如果他们肯工作的话，就会得到一些负鼠肉和袋鼠肉，还有一丁点蔬菜，但除此之外，就没什么可吃的了。爸爸说，那些人看起来对此感激涕零。

"外面一定糟糕透了。"克里斯说，"不过，若是为了难喝的负鼠汤而欠迈克的债，似乎也是一个不错的主意。"

有时候，爸爸和埃默里什么肉也没带回来，只有我和克里斯马斯从小溪里抓来的几条鳗鱼可以用来喂给狗狗们吃。克里斯马斯掌握烹饪鳗鱼的好办法，让我们觉得这些鳗鱼吃起来挺可口的。

一天晚上，我们来到小溪边，用几根负鼠尾巴做钓饵。这时，妈妈从山坡上下来，让我们抬头看看灿烂的日落。

日落美极了，橙色和金色的光芒闪耀着，仿佛混合了整个世界的色彩。粉红色的泥土，埃默里外公种下的干燥的黄色牧草，深色的树木，斑驳的红色和粉红色的山坡，甚至连肮脏的破白房子也被渲染成红色和黄色。

天空中遥远的某个地方，出现了两架小小的飞机，它们忽上忽下地飞行，来来回回地变换着姿势。当它们靠近时，妈妈倒吸了一口气。

"它们在朝我们投掷东西！"

我跑回房子，我想我们会在飞机到达之前先到达。

但是妈妈却朝它们跑过去。

"妈妈！"我高喊道。

克里斯马斯抓起我的手，我们跟着她跑了起来。

飞机看到了我们，然后朝我们飞来。飞机飞得很低，飞过我们头顶时，摇晃了一下机翼，一些东西从飞机上落下。我捂住脸，害怕是毒药或者其他什么东西。但是，一些细小的东西砰砰砰地砸在我的头上，钻进我的脖子里。

妈妈转过身，张开双臂，朝我跑过来。她的眼睛睁得圆圆的。"牧草！"她大声喊着，"这是牧草的草籽！"

她一把抱起我，转起圆圈来。然后，她和克里斯马斯拥抱在一起，高兴地跳上跳下。她们尖叫着："牧草！牧草！牧草！"

我看见灰色飞机的另一侧机身上，写着"CSIRO①种子银行"的字样。我不知道这是什么，也许是某个非常努力工作的人，找到了足够洒满任何地方的种子。也许

---

① CSIRO 是澳大利亚联邦科学与工业研究组织的缩写。从下文可得知，主人公并不知道这是什么，所以此处没有直译。

足以覆盖马利草原①，也许一直能覆盖至南部的威默拉草原②。难道能覆盖整个国家吗？或者只是面积大的草原？也许小麦种植区的土地已经种上了小麦？我真希望我知道发生了什么。我希望城市里挨饿的人们知道，春牧草已经到来了，他们要做的只是再撑一段时间。

我双膝跪下，用手拢起一些草籽。这里面有带尖刺的、蓬松的，短小的、肥大的、细长的，绿色的、黄色的。我确定，其中圆圆的种子与埃默里的蚁丘中储存的种子一模一样。

当埃默里听清楚我们在喊什么的时候，他面朝着山丘，泪流满面。爸爸踩着自行车，带着五只狗狗也来了。当他弄清楚我们为什么这么兴奋时，他也大笑起来，笑得像个小丑。

我捧来一把种子给埃默里看，它们拥有不同的形状和大小，就像他外公留下的那些种子一样。

---

① 马利草原位于西澳大利亚州南部地区，拥有广泛的桉树植被，形状窄而长。
② 威默拉草原位于澳大利亚维多利亚省西部的中心位置，地势平坦，位于马利草原南部。

埃默里点点头。"他说过，古老的本土种子不介意海外的那些牧草先长出来，然后再枯萎，本土的种子能让土壤保持健康，还能覆盖地面。无论农民种下什么，牧草都会努力生长。他说过，人类就像草籽，你可以在某个地方挖个坑，把它们埋进去，照料它们生长，也许它们会在那里快速生长一段时间，但只有真正适合那个地方的人才会茁壮成长。"

"这就是他说的，你可以在高中毕业之后再回到这里来的原因吗？"我问道，"因为，你需要找到你适合在哪里茁壮成长。"

埃默里笑了起来。"也许吧，我还没想过这个问题。"

"我猜，他们一定找到了控制真菌生长的办法。"爸爸说。他把这些种子放在鼻子下，翻来覆去地研究，好像答案就写在种子身上，他只需要一副眼镜就能读出来。"或者，他们发现了用牧草抵抗真菌的办法？"

克里斯马斯已经开始计划了。"有了草籽，就会有麦子，还会有面包。我会为自己做一个最大号的三明治。因为到那时候，也会有奶牛、鸡蛋，因为肯定也

会有母鸡啊！外面口感扎实，中间是流淌的蛋黄……然后，还要有甜点，嗯，冰激凌！"

埃默里跑过去，抓着他的妈妈，说："我得给我自己做一个甜甜圈。酥酥脆脆的，刚从锅里炸出来的那种，中间一定夹着热乎乎的果酱，上面还要抹上奶油，即将融化的那种。"

"埃拉，你想要什么？"爸爸问。

"澳新军团饼干，"我回答，即便我现在已经记不清它们的味道了，"装满整个家庭装的罐子，我要一个人独自享用，直到吃撑！"

"你知道今年整整一年都不会有这些东西的，对吧？也许以后几年都不会有的。"爸爸说。

我笑了。"但是总会有这一天的。"

"等这一天来临的时候，"爸爸说，"我猜，所有人都会变得更加谨慎。"

他和妈妈一直在讨论留在这里，比如帮助克里斯马斯的生意，在房子里装上太阳能，用太阳能和手摇曲柄发电装置帮助镇上的其他人——因为太阳能电池很难找到，捕猎袋鼠和鲶鱼，再到附近的镇子上去卖。还有这么多事情要做，我真高兴，因为我喜欢住在这里。狗狗们也能整天撒欢奔跑，周围也总是有人，大家总在互相帮忙照应。

飞机又飞回来了，摇晃着它的翅膀。飞行员咧嘴笑着，挥舞着手臂，他的脸在夕阳下映得通红。

我向前跑了几步，朝他挥手，追在他后面跑，五只大狗跳着、叫着，也跟在飞机后面跑。我一次次朝他挥舞手臂，疯狂又兴奋。我本以为所有人都放弃了，只在意自己的死活，但是有些人，在某个地方，建造了一个种子银行，保留了所有种子，就像埃默里的外公做的那样。他们终于重新种下了牧草，甚至没有落下这里。

后　记

　　我希望《穿越500公里的奇迹》这本书，能引导当今的青少年们思考和讨论当下我们对待环境的方式、食物的来源以及食物本身。食品安全是一个至关重要的问题，很容易被大家忽视。澳大利亚是一个有趣的地方，尤其适合思考这个问题，因为在欧洲人以及他们的动物、植物到来之前，这里就已经拥有广泛种植的农场和成功养殖的动物。

　　在这本书中，我要感谢故事发生地的原住民，并向他们的先辈和现居民表达我的敬意。他们曾经为维护、管理本域的土地与河流，做出了巨大贡献，对此，我想表达最高的敬意。我还想通过本书向其他人展示，他们的监管工作、土地养护知识的积累和传承工作，从未停止过。许多组织和团体在全国各地开展了众多类似的活动，我向这些团体和其他相关人士所做的工作，表达深深的敬意。一直以来，他们坚持管理所在区域的土地和河流，传承文化传统，保护本地物种和文化遗址，并为当地土著居民提供就业机会和培训方案。我认为，他们的工作应该得到大力支持，因为他们对土地管理和本地物种的了解，对我们的未来至关重要。

我获得了迈尔基金会和维多利亚作家协会的尼尔玛·悉尼文学旅行捐赠基金，用来协助本书的研究旅行，我对此表示深深的感谢。他们支持我参观埃拉和埃默里旅行的地区，步行的铁道小路，并安排了一系列相关会面：

在布兰克斯霍尔姆的针茅生长区，我见到了格雷姆·汉德，他详细地为我介绍了天然草原再生的过程。感谢他深刻的见解，并带领我们参观农场展示区。由此，我才得知现代农业与我们的土地之间存在的问题，令人揪心的问题。土壤健康是陆地生态系统可持续发展的基础，这是老农户一清二楚的重要事情，却被现代的一些农人忽视了，有些土地已经濒临极限。

在寒冷的清晨六点，我见到了昆士兰雪橇犬赛事总裁埃米莉·沃尔利迪斯，感谢她回答我的问题，并允许我观察行动中的雪橇犬。孩子们，如果你有一只精力充沛的大狗，喜欢拉你到处跑，相信你会像埃拉和埃默里一样，喜欢这项精彩的运动，并且不需要雪！

我还见到了诺埃尔·阿罗尔和孙利，他们是来自米塔贡的蘑菇专家，感谢他们带领我参观种植蘑菇的矿井，和我分享有关林地真菌的知识，以及一篮美味的蘑菇。

此外，我还要向苏珊娜·钱伯斯致以诚挚的谢意，感谢她的支持和中肯的建议。感谢我的家人、朋友以及其他作家朋友，他们给予我无尽的支持。

至于现在，是时候进入下一段冒险的旅程了。

布伦·麦克迪布尔